Erika Pluhar
Gitti

Erika Pluhar
GITTI

Roman

Residenz Verlag

Bibliografische Information der Deutschen Nationalbibliothek
Die Deutsche Nationalbibliothek verzeichnet diese Publikation in
der Deutschen Nationalbibliografie; detaillierte bibliografische Daten
sind im Internet über http://dnb.dnb.de abrufbar.

www.residenzverlag.com

© 2023 Residenz Verlag GmbH
Salzburg – Wien

Alle Rechte, insbesondere das des auszugsweisen Abdrucks
und das der fotomechanischen Wiedergabe, vorbehalten.

Umschlaggestaltung: Boutiquebrutal.com
Grafische Gestaltung / Satz: Lanz, Wien
Fotos: Cover und S. 55 privat, S. 223 Roland Pleterski
Lektorat: Isabella Suppanz
Gesamtherstellung: GGP Media GmbH, Pößneck

ISBN 978 3 7017 1779 8

Sie ist dabei, in das Vergessen ihres Lebens zu gleiten.
Ein langes Leben liegt hinter ihr.
Jetzt verwandelt es sich – wird vielleicht
zu einem Traum – gerät irgendwohin –
in eine andere, mir unbekannte Welt – entfernt sich.
Noch erkennt sie mich – wie lange noch, ist ungewiss.
Sie ist meine ältere Schwester.
Ihr Name ist Brigitte. Für uns ist sie Gitti.
Ich möchte ihre Kindheit und Jugend nacherzählen.
Zur Erzählung werden lassen.
Soweit ich davon weiß. Zeugin war.
Oder es schwesterlich erahnte.
Ich möchte die uns verbindende Vergangenheit
rückblickend aufspüren, bewahren,
meinen Erinnerungen gemäß.
Denn das wahre Geheimnis ihres Daseins
trägt sie mit sich davon.
Wie jeder von uns.

Es war der erste Zeppelin, den er sah, sagte der Vater stets. Lautlos flog dieses Gebilde über Rio de Janeiro hinweg, als er nach der Geburt seines ersten Kindes auf den Balkon der Klinik getreten war. Das Mädchen war problemlos zur Welt gekommen. Er hatte den Säugling und die erschöpfte Mutter mit Tränen in den Augen umarmt und war dann mit all seiner Rührung und Freude auf diesen Balkon getreten, um auszuatmen. Und da flog er gravitätisch vorbei, der Zeppelin. Das erschien dem jungen Vater wie ein Zeichen des Himmels, und er ließ jetzt seinen Tränen freien Lauf. Es geschah dies an einem tropisch heißen Augusttag des Jahres 1933.

Josef Pluhar, der in Wien Welthandel studiert hatte und jetzt bei einer hiesigen Ölfirma arbeitete, lebte schon seit etwa drei Jahren in Brasilien. Seine Verlobte, eine Wiener Kunststudentin namens Anna, hatte ihm zuliebe die Kunst Kunst sein lassen und war ihm später nachgefolgt. Sie hatten hier geheiratet und bald war die junge Frau schwanger geworden. Und er heute Vater.

Er hatte sich eine Tochter gewünscht, und wenn, sollte diese Brigitte heißen, das hatte das Ehepaar einträchtig beschlossen.

Nun war sein Wunsch also in Erfüllung gegangen.

Brigitte hatte das Licht der Welt erblickt.

Josef und Anna waren kurz vor Brigittes Geburt in ein Haus gezogen, das etwas außerhalb Rios an der Avenida Niemeyer lag, einer breiten Autostraße, die am Meer entlangführte. Jedoch zur anderen Seite hin wurde sie von einem Berghang mit dichtem Urwald und nur wenigen Wohnbauten begleitet. Eine schmale Treppe musste erklommen werden, um von der Autobushaltestelle zu dem Haus zu gelangen, das Josef seiner idyllischen Lage wegen gemietet hatte. Besaß es doch eine von Bougainvillea überwucherte Terrasse mit Meerblick. Zusätzlich aber war die Miete in dieser abgelegenen Gegend recht preiswert, der Vater war kein Großverdiener. Und unterhalb des Hauses gelangte man nach Überquerung der Avenida auf kurzem Weg ans Meeresufer, noch dazu an einen breiten, kaum von Menschen besuchten Sandstrand. Der würde wohl sehr bald Brigittes Kinderleben bereichern, dachten die Eltern.

Vorerst jedoch lag der Säugling entweder in seinem Bett im Haus oder in einem Körbchen auf der Terrasse, immer vor der südlichen Sonne geschützt. Anna musste ihre ersten Erfahrungen als junge Mutter bewältigen, und das meist allein. Josef fuhr ja täglich am frühen Morgen mit dem Autobus stadtwärts, ins Büro der Ölfirma, konnte also nur an den Abenden oder Wochenenden seiner Frau beistehen. Er tat das zwar mit Begeisterung, wenn es darum ging, die Kleine herumzutragen oder beruhigend zu wiegen, wenn sie schrie. Gerührt sah er zu, wenn sie von Anna gestillt wurde. Jedoch das Kind zu wickeln, die Berge an Stoffwindeln zu waschen, ständig sein Fläschchen zuzubereiten – das war auch für ihn, einen vergleichsweise verantwortungsvollen Gatten, reine Frauensache.

Später brach zudem der brasilianische Winter mit seinen endlosen Regenfällen auf die Familie herein. Das Haus besaß keine Heizung, die Windeln wollten nicht trocknen, Anna blieb mit der kleinen Brigitte fröstelnd, unglücklich, und fernab jeder Idylle, meist sich selbst überlassen. Sie war letztlich eine bemühte Mutter und ihre kleine Tochter ein meist ruhiges und braves Baby. Aber als Brigitte nach Kinderart anfing, Atmosphärisches wahrzunehmen, war es vorwiegend die mütterliche Traurigkeit und Vereinsamung, die auf sie ausstrahlte. Vor allem, wenn Winter war und Regen fiel.

Sonne und Meer hingegen begann sie sehr früh zu lieben. Dort, am Strand, war auch der Vater gänzlich in seinem Element. Nichts tat er lieber, als mit seiner Kleinen im Arm in die Wogen zu steigen oder für sie Sandburgen zu bauen.

Und Brigitte wurde ein hellblondes, sonnengebräuntes kleines Mädchen, das die anderen Strandbesucher entzückte und seine Eltern stolz sein ließ. Brigitte blieb völlig unerschrocken, wenn Josef mit ihr in der Brandung des Ozeans herumtollte, je wilder die heranbrausende Gischt, desto lauter ihr Jauchzen. Annas warnende Stimme wurde überhört. Sie, die etwas vom Ufer entfernt auf ihrem Badetuch ruhte, war keine gute Schwimmerin und begab sich ungern in brasilianische Meerestiefen. Das überließ sie ihrem Mann, der dieses Meer, dieses Land, der alles hier liebte. Die Stadt Rio, die sommerliche Hitze, den jährlichen Karnevalstrubel, das einsame Haus, sogar die zu ihnen herabdringenden Gesänge der Eingeborenen aus den noch höher gelegenen Favelas. Er liebte all das, womit seine junge Ehefrau sich zunehmend schwertat. Als sie ihrem Liebsten in dieses fremde Land gefolgt war, hatten wohl andere Vorstellungen sie gelockt. Aber ihre kleine Tochter wuchs hier auf. Als sie erfuhr, auf der Welt zu sein, war diese Welt für sie Brasilien.

Das änderte sich, als die Familie auf einem Hochseedampfer wieder nach Europa reiste. Man hatte eine billige Überfahrt gewählt. Das Schiff, mit nur wenigen Passagier-Kabinen ausgestattet, war schlecht beladen worden und hing in Schieflage auf dem Wasser, während es trotzdem tagelang unverdrossen das Meer durchquerte. Brigitte wurde ständig vom Aufschrei der Mutter daran gehindert, der Reling zu nahe zu kommen, während es der Vater humorvoller nahm und sie lachend hochhob. Aber die wenigen Reisenden auf diesem Dampfer mussten sich daran gewöhnen, auf schrägen Böden dahinzutappen und darauf zu achten, nicht auszugleiten oder gar über Bord zu stürzen. Brigitte wurde von der mütterlichen Angst und Besorgnis eingefangen, es gab kein Ausweichen. Die Kabine, welche sie zu dritt teilten, war eng, man aß die Mahlzeiten dichtgedrängt in einer Kombüse, auf kleinstem Raum, das Geschirr umklammernd, denn auch die Tischflächen waren schief. Brigitte wusste nicht, warum man das friedliche Haus mit seiner umrankten Terrasse über dem Meer so plötzlich verlassen hatte – und auch ihren geliebten Strand – warum man das alles verlassen hatte und sich jetzt auf dieser schwimmenden Insel voller ängstlicher Menschen befand.

Sie wusste nicht, dass politische Veränderungen Josef Pluhar, ihren Vater, »heim ins Reich« riefen, also vorerst nach Deutschland. Denn in Österreich galt er, der überzeugte Nationalsozialist, noch als »illegal« und durfte nicht einreisen. Sie wusste nicht, dass ein so liebevoller, ein so unermüdlich heiterer Vater sich auf andere Weise arg verirren konnte.

Brigitte war etwas über drei Jahre alt. Sie besaß, weil in Rio de Janeiro geboren, die brasilianische Staatsbürgerschaft. Ihr kindlicher Organismus war dem tropischen Klima zugetan, sie war trotz Hitze und lastender Feuchtigkeit kerngesund. Der Vater hatte oft portugiesisch mit seiner Kleinen gesprochen, da er selbst die Sprache gut beherrschte, erste Worte wusste sie schon. Es hätte also durchaus eine Lebensmöglichkeit für sie werden können, in Brasilien aufzuwachsen, Brasilianerin zu werden, Brasilianerin zu sein.

Sie wusste nicht, dass die politische Ausrichtung des Vaters dies verhinderte. Und ein wenig auch die Bereitwilligkeit ihrer Mutter, der zwar »das Reich« völlig egal war, die aber schlicht Heimweh hatte.

Erschöpft verließ die Familie eines Tages dieses ungeliebte Dampfschiff, als es in Hamburg endgültig vor Anker ging und seine gerädeten Passagiere aus der Schieflage endlich auf ebenes Gelände entließ. Was aber noch nicht das Ende der strapaziösen Reise bedeutete. Nach der Nächtigung in einer billigen Pension bestiegen sie tags darauf am Hamburger Hauptbahnhof eine Eisenbahn. Wieder dichtgedrängt und ohne jeglichen Komfort saßen sie in einem ungeheizten Abteil und ratterten endlose Stunden Richtung Süden. Brigitte fühlte den Groll der Mutter, die verschlossen neben ihr saß, hatte aber anfangs der Reise begeistert aus dem Fenster gesehen. Flache Wiesen waren vorbeigeglitten, manchmal auch einige grasende Kühe. Die Einförmigkeit der Landschaft ermüdete Brigitte bald, am Schoß des Vaters schlief sie ein, und er hielt seine Tochter während des Großteils der Fahrt im Arm, um seine ermattete Frau zu entlasten.

Endlich in München angekommen, waren alle drei ermüdet. Brigitte erlebte – wie zuvor schon in Hamburg – die Hektik eines Bahnhofes, Schreie und Erregung, das Schleppen von Gepäcksstücken, und sie erlebte wieder ein Taxi, in das sie stiegen. Mit dem Auto zu fahren war für das dreijährige Mädchen ein seltenes Ereignis, es spähte begeistert aus dem Fenster, und wieder fuhren sie durch die Straßen einer bewegten Großstadt.

Diesmal jedoch, um in dieser Stadt auch zu bleiben.

Josef war es mit Hilfe eines in München ansässigen Parteifreundes gelungen, schon von seinem Büro in Rio aus hier eine Wohnung anzumieten. Diese lag in einem Randbezirk der Stadt, die stille Vorstadtstraße besaß Gärten, es gab viel Grün rundum. Das Haus selbst war ein dreistöckiger Neubau, die zu beziehende Wohnung lag im zweiten Stock, besaß einen ausladenden Balkon, die Zimmer waren hell, Küche und Bad auf dem neuesten Stand.

Als Anna dieses neue Zuhause betrat, konnte Josef endlich aufatmen. Denn alles an seiner bislang düster gestimmten Frau erhellte sich unversehens, es gefiel ihr hier, sie lobte und freute sich. Endlich. Und auch die kleine Brigitte empfand diesen Stimmungswandel ihrer Mutter.

Noch dauerte es eine Weile, bis das neue Heim wirklich wohnlich gemacht und allen Ansprüchen gemäß ausgestattet war. Aber schon am ersten Abend, in ihrem bereits vorhandenen, frisch bezogenen Bettchen, gebadet, geküsst, geborgen, schlief Brigitte, vom Geplauder der Eltern nebenan gewiegt, nach der langen anstrengenden Reise rasch ein.

Die Familie blieb über ein Jahr in München, Brigitte wuchs heran und genoss jetzt ein unbeschwertes Kinderleben. Denn im Gegensatz zu deren manchmal alles verdüsternden Unzufriedenheit in Brasilien war die Mutter hier bester Laune. Weshalb, blieb dem Kind verschlossen und es wollte auch nichts anderes, als ungetrübt Tochter einer heiteren und liebevollen Frau zu sein. Die Erinnerung an Uferwellen und Strand, an glühende Hitze und eine schattige Laube über dem Meer, an einen braungebrannten Vater, der Sandburgen baute, verblasste, entfernte sich, versank tief in Brigittes Seele.

Es hatte sich nämlich ergeben, dass Josef Pluhar durch seine Arbeit für die Nationalsozialistische Partei, die sich hier in München intensivierte, jetzt finanziell viel bessergestellt war. Die billige Miete, das Fehlen jeglichen Komforts, die ärmlichen Bedingungen der Heimreise, dass all das, was Josefs unbedeutendes Verdienst bei der Ölfirma in Rio erzwungen hatte, jetzt der Vergangenheit angehörte. Anna brauchte nicht mehr auf knausrige Weise zu sparen, besaß ein schönes Heim, modische Kleidung, konnte sich ab und zu Babysitter leisten und mit Josef ausgehen. Sie lebte auf. Die Bekannten, zu denen ihr Mann sie ausführte, waren mehr oder weniger überzeugt, jedoch widerspruchslos allesamt

Nazis. Die Männer mit Kurzhaarschnitt und in militärischer Weise galant, die Frauen meist auf »deutsche Frau« getrimmt, wie damals gefordert. Aber Anna scherte sich nicht darum. Sie scherte sich nicht um das erwünschte Aussehen einer deutschen Frau und nicht um Politik, sie genoss erleichtert Wohlstand und Wohlergehen.

Mit der Tochter war sie oftmals unterwegs, auf umliegenden Wiesen, im nahen Wäldchen. Auch gab es in der Nähe einen Park mit großem Spielplatz und dort Brigittes Herumtollen mit anderen Kindern. Es gab den Nachmittagsschlaf, es gab das Sonntagsfrühstück mit dem Vater, es gab eine Weile lang nur harmonischstes Familienleben.

In Österreich wandelte sich die politische Lage. 1938 kam es zum sogenannten »Anschluss«. Der Nationalsozialismus wurde von breiten Volksschichten jubelnd willkommen geheißen.

Und eines schönen Tages war auch der ehemals als illegal ferngehaltene Josef Pluhar in Wien mehr als willkommen. Im Rahmen der neuen Regierung sollte er einen Posten bekleiden, der ihm neben »ehrenvoller« politischer Arbeit auch wieder ein stattliches Einkommen sichern würde, und auch eine Wohnung im noblen Bezirk Döbling wäre für ihn bereitgestellt.

Brigitte erlebte also neuerlich den Aufbruch aus einer ihr vertraut gewordenen Welt, der Umzug nach Wien war rasch beschlossene Sache. Mehr noch, Anna und Josef waren von Vorfreude erfüllt, jeweils ihre alten Eltern nach so vielen Jahren wiederzusehen. Sie erklärten Brigitte, dass sie ja nun ihre Großeltern kennenlernen würde, zwei Großmütter, zwei Großväter, noch waren alle am Leben, und alle lebten in Wien.

Nachdem Hab und Gut verfrachtet war, um, direkt in die Wiener Wohnung zugestellt, die Familie dort zu erwarten, verließ man also die Münchner Heimstätte. Brigitte warf noch einen langen Blick in die jetzt fast leeren Räume zurück, sie hatte es gerngehabt, hier zu sein. Aber die Mutter zerrte sie freudig erregt mit sich – »Komm, Gitti, es wird schön sein in Wien!«

Auch verlief dann die Reise – einige Stunden Bahnfahrt nur – ganz nach Annas Geschmack. Man saß erster Klasse auf gepolsterten Bänken, hatte ein Abteil für sich allein, und im Speisewaggon wurde ein feines Menü serviert.

Als aber am Wiener Westbahnhof zwei Kollegen aus des Vaters künftigem Parteibüro sie erwarteten, alle Herren die Arme zum Hitlergruß erhoben und dabei lauthals »Heil Hitler« riefen, da fächelte Anna indigniert und nur andeutungsweise mit ihrer

Hand in der Luft herum und erntete einen strafenden Blick ihres Mannes.

Brigitte nahm ebenfalls wahr, dass diese seltsame Art des Begrüßens der Mutter nicht zusagte. Und selbst fand sie auch komisch, was der Vater da plötzlich tat, so stramm dazustehen und den Arm in die Luft zu strecken! Sie hatte ihn so noch nicht erlebt. Er benahm sich ganz anders als zu Hause – oder früher – als er doch mit ihr an einem Strand spielte – sie in die hohen Wellen trug – aber das war schon sehr lange her.

Dieser Mann hier war jedenfalls ganz anders.

Der befremdliche Eindruck verwehte jedoch wieder, rasch wie ein Wolkenschatten, als die Familie per Taxi nach Döbling fuhr und dort die Wiener Wohnung in Besitz nahm. Josef strahlte, als Anna und Brigitte durch die Zimmer liefen, aus den Fenstern ins Grüne hinausblickten, den Balkon entdeckten, und alles wunderschön fanden. Auch dieses vierstöckige Haus war vor wenigen Jahren erst erbaut worden und modern ausgestattet. Man wohnte hier, ähnlich wie in München, nahezu ländlich zwischen Gärten und Wiesen, und war doch auf angenehme Weise ins Stadtleben eingebunden. Eine baumbestandene Straße mit einigen Läden und einer Straßenbahnstation befand sich in nächster Nähe.

Dass es in der Wohnung kurz vor ihnen andere Mieter gegeben haben musste, erwies der Umstand, dass es in den Räumen noch nach Renovierung roch. Und am Türstock des Einganges schien den Vater ein kleines geschnitztes Holzstück zu irritieren. »Das muss weg«, murmelte er.

Des Weiteren verloren die Eltern kein Wort mehr über diesen Gegenstand, dessen Bedeutung Brigitte erst Jahre später bewusst wurde.

Der Vater ging ab nun an den Wochentagen irgendwohin in ein Büro, und was er dort zu tun hatte, schien ihm zuzusagen, er kam stets gutgelaunt wieder nach Hause. Ab und zu war er auch abends unterwegs, »zu einer Versammlung«, erklärte da die Mutter kurz angebunden, ausführlicher schien sie darüber nicht reden zu wollen.

Selbst jedoch genoss Anna die Tage mit ihrer kleinen Brigitte. Man schlenderte gemeinsam zum täglichen Einkauf oder befand sich bei Schönwetter unten im Garten. Anna im Liegestuhl ruhend oder in heiterem Geplauder mit einer ebenfalls noch recht jungen Nachbarin. Die beiden Frauen hatten sich rasch angefreundet, und deren Töchter taten das ebenfalls. Brigitte spielte gern mit der gleichaltrigen Magrit. Und auch über die Schule wurde schon gesprochen, in die beide Mädchen ja absehbar gehen müssten. Dass sie wohl gleichzeitig in die nicht allzu weit entfernte Volksschule eintreten würden, sie den Schulweg gemeinsam zurücklegen könnten – all das zeichnete sich für die nähere Zukunft ab.

Jedoch die Mutter erörterte es eher nebenbei, nickte, lächelte, war nicht ganz bei der Sache. Sie gab sich zurzeit neben der Hausarbeit seltsam gern der Muße und Tagträumerei hin, lag viel am Sofa, schlief nachmittags ein Stündchen, bewegte sich träger als sonst und schien auch an Gewicht zuzunehmen.

Was Brigitte länger nicht mitbekam – die Mutter war wieder schwanger. Ein weiteres Kind kündigte sich an.

Es wurde Herbst – es wurde Winter – als Brigitte erzählt wurde, dass ein Geschwisterchen auf dem Wege sei.

Sie ersah es ohnehin am sich immer mächtiger wölbenden Bauch der Mutter, legte manchmal, von dieser dazu ermuntert, ihre Hand auf die sanften Bewegungen, die darunter fühlbar waren. Ob sie sich auf das neu hinzukommende Familienmitglied freute oder gern einziges Kind geblieben wäre, wusste Brigitte sich selbst nicht so recht zu beantworten. Neugierig auf das neue Wesen war sie jedoch. Ob es ein Brüderchen sein würde? Oder eine Schwester?

Weihnachten verlief friedlich, wieder erstrahlten viele Kerzen auf einem bunt geschmückten Christbaum, wieder erhielt Brigitte hübsch verpackte Geschenke, wieder aß man fein, wieder war der Abend warm und gemütlich. Jede Erwähnung einer nahenden Kriegsgefahr wurde vermieden.

Der Jahreswechsel wurde ohne großen Aufwand daheim begangen, die Mutter litt ein wenig an der Schwangerschaft und ein Glas Sekt um Mitternacht genügte dem Ehepaar an Feierlichkeit. Ohnehin wusste niemand, was dieses Jahr 1939 wohl bringen würde, das einzig Sichere schien für Anna und Josef die Geburt ihres zweiten Kindes zu sein.

Am 28. Februar kam es zur Welt und war wieder ein Mädchen. Die Mutter hatte im Kreißsaal des Spitals länger auf Hebamme und Arzt warten müssen, als das Kind eiliger als gedacht zur Welt kam. »Allein und von selbst!«, beschwerte Anna sich hinterher, jedoch bereits darüber lachend. Diese Tochter erhielt den Namen Erika. Und als Brigitte das Baby zum ersten Mal vor Augen bekam, bezweifelte sie keinen Augenblick diese kleine Schwester lieben zu können.

Aus dem Spital wieder in die Döblinger Wohnung zurückgekehrt, hatte die Wöchnerin an ihrer fünfjährigen Tochter eine echte Hilfe. Brigitte war begeistert an der Seite der Mutter, wenn es galt, das kleine neue Wesen zu versorgen. Beim Stillen des Babys saß sie andachtsvoll dabei, beim Baden half sie mit, und sie wachte über dessen Schlaf.

Der Vater war viel auswärts und kam oft müde nach Hause. Wenn die Kinder im Bett lagen, hörte Brigitte durch die geschlossene Tür des Kinderzimmers länger als sonst die Stimmen der Eltern, und sie vernahm auch das Fragende und Besorgte, das dabei mitschwang.

Jedoch vorerst zog ein strahlender Sommer vorbei.

Brigitte traf häufiger als sonst mit ihren Großeltern zusammen, da diese auch das Baby Erika öfter zu Gesicht bekommen wollten. Die Oma väterlicherseits war eine musische, aber auch herbe Frau, die aus der Tschechoslowakei stammte, was ihrer Sprechweise immer noch anzumerken war. Den Opa an ihrer Seite nahm man wenig wahr, er rauchte Pfeife und schwieg meist. Die andere Großmutter, genannt »Omama«, wurde durch ihre Frömmigkeit ein wenig zur Plage, weil sie bei allen Familienmitgliedern den sonntäglichen Kirchgang einforderte und dadurch allseits Lügengeschichten und Ausreden anregte. Ihr Ehegespons, der »Opapa«, ein eher herrischer Mann, besaß eine erfolgreiche Glasmalerei und schuf auf künstlerische Weise farbige, bildhafte Kirchenfenster, einige sogar für den berühmten Wiener Stephansdom. Seine Tochter Anna hätte diesen Betrieb nach dem Besuch der Kunstakademie eigentlich übernehmen sollen, hatte sich aber für den Aufbruch nach Brasilien und in Josefs Arme entschieden.

Dann gab es noch einige Onkel und Tanten, der Vater besaß einen Bruder und eine Schwester, die Mutter drei Schwestern. Da die allesamt auch vermählt waren, geriet das Ausmaß an Menschen bei großen Familienfeiern oft ins Unübersichtliche.

Brigitte blieb meist ruhig und ein wenig für sich, wenn solches stattfand, und der kleinere familiäre Bereich war ihr auch um vieles lieber. Die hübsche Wohnung in Döbling, mit Freundin Magrit im Garten spielen, der Mutter beim Wickeln von Erika zusehen, irgendwann ein Spaziergang an der Hand des Vaters, all dies war mehr nach Brigittes Sinn.

Im September wurde ihr erklärt – möglichst nebenbei und bemüht, es nicht nach einer Schreckensnachricht klingen zu lassen –, dass jetzt ein großer Krieg herrsche, der aber weit entfernt stattfinde, weit entfernt vom friedlichen Leben hier in Wien.

Zwar nahm Brigitte wahr, wie angespannt die Eltern den regelmäßigen Nachrichten im Radio lauschten, dass der Vater nervöser und angestrengter wirkte als sonst und wie er, wenn sie meinten für sich zu sein, im Gespräch mit der Mutter oft ungewohnt laut wurde, so, als müsse er sich verteidigen. Letztlich jedoch verlief der Alltag in gewohnter Weise.

Die kleine Erika wuchs heran, sie bekam, im Gegensatz zu Brigittes glatten Zöpfchen, einen blonden Lockenkopf, der allseits Entzücken hervorrief. Es ergab sich ein angenehmer Sommer bei einer mit der Oma befreundeten Bauernfamilie, man genoss einfaches Landleben, Wiesen, Obstbäume, Ziegen, Erika plantschte in einem Wassertrog und Brigitte spielte mit der älteren Cousine, genannt Lisi, am Heuboden Verstecken. Vom Kriegsgeschehen war nichts zu spüren in diesen friedvoll sommerlichen Tagen, oft herrschten wolkenloses Blau und Hitze, manchmal gab es ein Gewitter, es war alles so wie immer.

Auch später in Wien ging jegliches weiterhin seinen Gang. Brigitte wurde nun wirklich ein Schulkind, sie besuchte gemeinsam mit Freundin Magrit die nahe Volksschule und schrieb daheim schon als Hausübung Buchstaben und Wörter in ein Heft. Aber wenn sie neben der Schule Zeit hatte, spielte Brigitte gern mit der kleinen Schwester oder buddelte sogar mit ihr in der Sandkiste im Garten herum. Und Erika gedieh so, wie man sich ein gesundes und glückliches Kleinkind nur vorstellen konnte. Als stolze Mutter war Anna bei Kaffeestunden und Geplauder mit den Nachbarinnen gern gesehen, über den Krieg sprach man möglichst wenig, lieber trank man ein Gläschen Likör zu viel und lachte über alles und jedes.

Mit der Zeit erst wurden ferne Bombenangriffe für die Frauen zu einem Thema, das sie aufschreckte. Auch erfuhr man mehr und mehr von Ehemännern oder Söhnen, die als Soldaten an die Front mussten. Auch der jüngere Bruder des Vaters rückte ein, sehr zum Leidwesen der besorgten Oma. Vater Josef hingegen besaß seine Position im Parteibüro, und die Frage, Soldat zu werden, stellte sich ihm nicht. Daheim hingegen versuchte er ausschließlich Familienvater zu sein und kein überzeugtes Parteimitglied, er wusste, dass Ehefrau Anna vom Nationalsozialismus weit weniger überzeugt war als er selbst.

Eines Abends, als die Kinder schon im Bett lagen, geschah es, dass Brigitte im Wohnzimmer nicht nur das gewohnte Plaudern der Eltern hörte, sondern wie ein Gespräch der beiden plötzlich an Lautstärke zunahm. Vor allem war es die Stimme der Mutter, die nach einem kurzen Aufschrei nicht mehr leiser wurde. Der Vater musste sie wohl mit einer unerwarteten und aufregenden Mitteilung überrascht haben, dachte Brigitte, ehe sie dann doch einschlief.

Tags darauf erlebte sie die Mutter aufgelöst und in Erregung. Es schien jedoch keine Schreckensmeldung des Vaters gewesen zu sein, die das bewirkt hatte, denn etwas Erwartungsvolles mischte sich in Annas Aufseufzen, in ihre Unruhe. Den Kindern gegenüber versuchte sie sich zu beherrschen, sich möglichst unverändert zu verhalten, und Brigitte beobachtete nur und schwieg.

Am folgenden Abend aber, nach einem gemeinsamen Nachtmahl und dem Zubettgehen der Kinder, zogen die Eltern sich wieder ungewohnt eilig zurück. Alle Türen wurden sorgfältiger als sonst geschlossen, und Brigitte konnte diesmal nur ein fernes Murmeln vernehmen. Dieses jedoch bis tief in die Nacht.

Und am nächsten Tag erfuhr sie es. Man würde wieder umziehen. Würde die Zelte hier in Wien abbrechen und nach Polen übersiedeln, in eine Stadt, die Lemberg hieß.

»Warum?«, fragte Brigitte.

Es sei wegen eines ehrenvollen Angebotes, das der Vater erhalten habe, lautete die Auskunft. Es gäbe dort in Polen einen Gouverneur, der das Land zurzeit regiere, und der Vater sei aufgefordert worden, dessen Adjutant zu werden. Sie würden ein eigenes Haus bewohnen, schwärmte die Mutter. Ein ganzes Haus nur für die Familie! Mit einem großen Garten rundherum! Und direkt neben der Gouverneurs-Villa!

»Was ist ein Adjutant?«, fragte Brigitte.

»Nun ja«, die Mutter überlegte kurz, »das ist einer, der dem Gouverneur hilft – der hat viel zu tun – der Vati ist dort sehr wichtig! Der Gouverneur ist – nein, nicht der oberste Herrscher – aber – ja, auch bisschen einer –«

Das Thema schien Anna plötzlich nicht mehr recht zu gefallen, sie lenkte ab. »Aber wir werden es sehr schön haben, Gitti, du wirst sehen! Lemberg ist eine wunderschöne, polnische Stadt!«

»Sprechen dort alle polnisch?«, fragte Brigitte weiter.

»Die Polen schon, natürlich.«

»Und der Herrscher ist kein Pole?«

»Nein, er ist –«, die Mutter errötete leicht, »er ist kein Herrscher, ich habe es dumm gesagt, er ist nur ein Gouverneur, und der ist eben aus Deutschland.«

»Warum?«, fragte Brigitte wieder.

»Darum!«, rief Anna jetzt aus, »das ist Politik, Liebes, das verstehst du noch nicht! Es geht halt kompliziert zu auf der Welt. Wir werden jedenfalls deutsch sprechen, und du wirst in eine deutsche Schule gehen, du musst sicher nicht Polnisch lernen, keine Angst!«

Eigentlich hätte Brigitte keine besondere Angst davor gehabt, Polnisch zu lernen, aber sie schwieg jetzt. Eher fürchtete sie sich vor der neuen Schule, davor, ihre Freundin Magrit, die Großeltern, die Cousins, eben alles Vertraute hier, zurücklassen zu müssen.

»Kommen wir bald wieder zurück?«, fragte sie schließlich noch.

»Weiß ich nicht«, sagte Anna. »Aber die Wohnung hier behalten wir!«

In den folgenden Tagen wurden große Reisekoffer gepackt und per Bahn aufgegeben. Anna war ständig außer Atem, der Vater half, wo er konnte, Brigitte passte auf die kleine Schwester auf, beide Kinder litten unter dieser ungemütlichen Aufbruchsstimmung.

Und dann war es so weit.

Eines frühen Abends verließ die Familie eine unwirtlich gewordene Wohnung, Anna ging mit beiden Kindern voran, Josef, als Letzter, sperrte die Tür hinter sich zu.

»Jetzt aber los!«, rief er der erschöpften Gattin und den müden Kindern aufmunternd zu.

Sie bestiegen ein Taxi und fuhren zum Bahnhof. Dort herrschte das übliche lärmende Getümmel. Vorauseilend trug Vater Josef die kleine Erika, Anna, ihm folgend, hielt Brigittes Hand umklammert, als sie sich zum Bahnsteig durchschlugen. Dann hasteten sie am abfahrbereiten Schnellzug nach Warschau entlang, um zu ihrem reservierten Schlafwagenabteil zu gelangen. Als sie den entsprechenden Waggon gefunden und endlich das geräumige Coupé in Besitz genommen hatten, atmeten die Eltern wie erlöst auf. Erika wurde von der Mutter gleich schlafen gelegt. Dann aber wies sie Brigitte mit Stolz auf die luxuriöse Ausstattung dieses fahrenden Schlafzimmers hin, auf die gläsernen, zart geschwungenen Nachtlämpchen, das Waschbecken aus schneeweißem Porzellan, eine blütenfrische Bettwäsche. »Haben wir's nicht gut!«, rief Anna aus.

Es blieb Brigitte nicht verborgen, wie sehr ihre Mutter von Luxus und Wohlergehen zu erfreuen war. Also nickte sie zustimmend. Dann aber erklomm sie ihr Stockbett, streckte sich aus, und dem leisen Plaudern der Eltern lauschend schlief sie schnell ein. Ihr entging die Abfahrt des Zuges, der dann durch die Nacht dahineilte, um die Familie an ihr fernes Ziel zu bringen.

Nach Polen.

Die Villa, welche man dem Adjutanten Josef Pluhar für seinen Aufenthalt in Lemberg zur Verfügung stellte, war ein weißgetünchter, zweistöckiger Bau, mit einem ihn zur Gänze umrundenden Holzbalkon, und sie war beeindruckend groß. Jedenfalls für die Familie, die nach den Ankunftsmodalitäten und einer längeren Autofahrt jetzt nahezu fassungslos vor dem Haus stand.

»Wirklich nur für uns?«, fragte Brigitte.

»Ja, nur für uns«, sagte der Vater, und man sah, wie stolz er war, Anna und den Kindern das bieten zu können, »kommt!«

Also stürmten sie die Villa und nahmen sie in kürzester Zeit freudig in Besitz. Vor allem die Mutter fühlte sich dazu auserkoren, als junge Hausherrin ihre Einteilungen zu treffen – oben, Josef, unser Schlafzimmer, daneben die Kinderzimmer – hier unten das Esszimmer – wichtig ist der große Salon nahe der Freitreppe – dann dort drüben, nahe der Küche die kleineren Räume für die Mädchen – – –

Ja, Anna besaß jetzt ein Dienstmädchen. Und ein Kindermädchen namens Tonja. Und eine Köchin ab und zu. Alle waren Polinnen und ihr sehr ergeben. Es war ein ganz anderes Umfeld, in das Anna plötzlich geraten war, und sie genoss es. Genoss diese Privilegien, ohne einen Gedanken an die Umstände zu verschwenden, die ihr solches ermöglicht hatten. Sie wollte jetzt mit Mann und Kindern gut und sorglos leben, nur das.

Brigitte fühlte sich anfangs ein wenig fremd in all dem Neuen. Obwohl sie ihr eigenes Zimmer sehr mochte, mit einer Tür auf den Balkon hinaus, und von diesem der Blick in die Obstbäume des Gartens. Überhaupt dieser Garten, er wurde zu einem Paradies der Kinder! Ihn begrenzte das benachbarte Anwesen, in dem der Gouverneur mit seiner Familie residierte, ein pompöses Gebäude, in parkartigem Gelände mit kleinem Teich. Und am Ende des eigenen Gartens gab es einen dicht umwucherten Graben, hinter dem die Felder und Wiesen begannen, also unverbaute Landschaft. Zur Straße hin war das Grundstück hermetisch abgezäunt, daher konnte man auch die kleine Erika unbesorgt rund ums Haus, zwischen den Obstbäumen und Brombeerhecken, sich selbst überlassen. Meist wurde sie ohnehin getreulich von einem ebenso kleinen polnischen Buben begleitet, Sohn eines der Dienstmädchen. Dudusch und Erika hatten sich schnell innig befreundet, und das, ohne dieselbe Sprache zu sprechen, sie verstanden sich im Spielen und Herumlaufen auch so.

Brigitte hingegen ging bald wieder in die Schule, es gab in Lemberg eine nur für deutschsprachige

Kinder. Die Eltern hatten sie dort für die zweite Volksschulklasse angemeldet, und sie konnte trotz der Umschulung dem Unterricht weiterhin ohne Schwierigkeit folgen. Nur fühlte sie sich anfangs trostlos verloren zwischen den fremden Kindern, am ersten Tag war ihr zum Weinen zu Mute, sie vermisste ihre Freundin Magrit und die vertrauten Schulkameradinnen. Jedoch erhielt sie eine Sitznachbarin zugeteilt, die Ingrid hieß, hellblonde Zöpfe hatte wie sie, und die sich ihr freundlich und liebenswürdig zuwandte. Auch war die junge Lehrerin recht nett, und schneller als anfangs gedacht gewöhnte sich Brigitte in der neuen Schule ein.

Der Vater ging, wie auch in Wien, täglich zu seinem neuen Arbeitsplatz. Dieser befand sich gleich nebenan, in den Räumen des Gouverneurs. Josef hatte also morgens und abends mehr Zeit für die Familie.

Außer es gab festliche Zusammenkünfte, und an solchen wurde nicht gespart. So manchen Abend rauschte Anna nach einem Gute-Nacht-Kuss schick gekleidet und nach Parfum duftend am Arm ihres gutaussehenden Mannes davon. Lichter, Musik und an Lautstärke sich überbietende Menschenstimmen drangen in Sommernächten oft von der Nachbarvilla bis ins Kinderzimmer herüber.

Auch in der eigenen Villa ging es oft bis spät in die Nacht hoch her, meist nach einem von Anna den ganzen Tag lang aufgeregt vorbereiteten Abendessen. Zu Beginn hörte man zwar die deutsche Nachrichtenstimme aus dem Radio, der lauschten alle Gäste aufrecht stehend und mit feierlichem Schweigen, danach kommentierten sie murmelnd das Gehörte. Nach dem Essen aber ging es meist los! Schallplattenmusik dröhnte durch das Haus, Gläser klangen aneinander, Champagnerflaschen wurden knallend geöffnet, dazu gellendes Auflachen von Frauen und angetrunken plärrende Männerstimmen.

Ehe so eine Einladung begann, wurden die Kinder sehr früh und eilig ins Bett geschickt, das Kindermädchen Tonja saß noch eine Weile bei ihnen, dann hieß es schlafen. Brigitte schlich meist später aus ihrem Zimmer und kauerte auf der obersten Treppenstufe, neugierig auf alles, was sie erspähen konnte. Sogar tappte ab und zu die kleine Erika herbei, weil das Lärmen auch sie aufgeweckt hatte, hockte sich neben Brigitte und schmiegte sich an sie.

»Was machen alle die Leute?«, fragte sie.

»Sie feiern ein Fest«, erklärte Brigitte.

»Warum?«

»Nur so.«

»Hat jemand Geburtstag?«

»Nein, nur so. Wegen dem Hitler feiern sie.«

»Wegen wem?«

»Das ist der oberste Chef vom Vati, aber der ist in Berlin.«

»Warum feiern sie dann hier?«

»Große Leute feiern gern«, schloss Brigitte ihre Erklärungen ab.

Sie legte ihren Arm um die kleine Schwester, und beide beobachteten das Hin und Her der Gäste, mit den vollen oder leeren Gläsern, ab und zu einzelne Paare, die aus dem Salon kamen, Zigaretten rauchten oder tanzten – oder sich küssten – es gab Erstaunliches zu sehen für die zwei Mädchen. Die aber trotzdem schläfrig wurden und irgendwann wieder in ihre Betten zurücktaumelten.

Sie erlebten in Polen einen unbeschwerten Sommer, mit oft sehr heißen Tagen. Im Herbst kletterten die Kinder gern durch das Geäst der Obstbäume, um Äpfel oder Pflaumen zu pflücken, stets begleitet von Annas besorgten Rufen, vor allem wenn es um die kleine Erika ging. Der polnische Winter hingegen war wie üblich streng. Es wurde eisig kalt, und man lud Brigitte immer wieder ein, auf dem vereisten Teich im Park des Gouverneurs Schlittschuh zu laufen.

Überhaupt war sie oft in der Nebenvilla zu Gast. Wegen des Sohnes Horst, etwa in ihrem Alter, wurden häufig aufwendige Kinderfeste veranstaltet, mit reichlich Kakao, Kuchen und anderen Süßigkeiten, und dabei wurde an nichts gespart.

Nur einmal, als die Schar eingeladener Kinder im Spiel allzu übermütig wurde, zerbrachen sie beim Herumtoben eine große chinesische Vase. Die Frau des Gouverneurs geriet außer sich und wollte wissen, wer schuld daran gewesen sei. Aber alle Kinder schwiegen. Brigitte wusste genau, wer im Eifer daran gestoßen war, hatte es deutlich gesehen, aber auch sie schwieg. Plötzlich lag etwas Bedrohliches in der Luft, etwas, das den ausschweifenden Festen und dem sorglosen Wohlergehen widersprach. Auch hier ein polnisches Dienstmädchen. Es wurde leichenblass und begann zu zittern, als ihm von der erbosten Herrin befohlen wurde, die Scherben aufzukehren.

Brigitte ging an diesem Abend gern wieder in das elterliche Haus hinüber.

»War etwas?«, fragte Anna.

»Wir haben eine Vase zerbrochen«, antwortete Brigitte.

»Um Gottes willen! Die große, chinesische im Flur?«

»Ja.«

»Ist die Gute außer sich?«

Mit »der Guten« hatte Anna die Gattin des Gouverneurs gemeint und dabei nicht versucht, ihren Spott zu verhehlen. Brigitte hatte längst mitbekommen, dass diese beiden Frauen einander nicht besonders gut leiden konnten, obwohl sie sich bei jedem Zusammentreffen reizend begrüßten.

»Sie hat halt geschimpft«, antwortete sie nur.

Brigitte hatte bald keine Einwände mehr, die deutsche Schule zu besuchen. Ingrid war zu ihrer »besten Freundin« geworden, den anderen Mädchen konnte sie mittlerweile auch vertrauen, und sie mochte die Lehrerin.

Die unternahm ab und zu Ausflüge mit ihren Schülerinnen.

So auch an einem sonnigen Frühlingstag.

Sie streiften durch das erste Grün eines Laubwaldes, die Lehrerin erklärte ihnen, an welchen Blättern man welchen Baum erkennen könne, die Sonne schien, die Luft war lau, die Mädchenschar vergnügt.

Bis plötzlich ein Dahintrappen und Laubrascheln zu hören war.

In einiger Entfernung, hinter den Baumstämmen, liefen Menschen vorbei.

Die Lehrerin schrie gequält auf, dann rief sie: »Nicht weiter, Mädchen! Kommt! Wir kehren um! Nicht hinsehen!«

Aber Brigitte sah hin. Alle sahen sie hin.

Die Menschen, die dort durch den Wald liefen, sahen kaum noch aus wie Menschen. Es waren ausgemergelte Gestalten in halbzerfetzten gestreiften Anzügen, ihr Keuchen war bis zur Schülerinnengruppe her zu hören, und auch Blicke sah man, verzweifelte, angsterfüllte Blicke aus großen, aufgerissenen Augen, in Gesichtern, die bis auf die Knochen abgemagert waren. Sie liefen stumm zwischen den Bäumen davon.

»Haben die Pyjamas angehabt?«, fragte ein Mädchen.

»Kommt jetzt! Und rasch!«, rief die Lehrerin.

Als man Brigitte zu Hause fragte, wie denn der Ausflug gewesen sei – bei diesem herrlichen Wetter doch sicher schön? –, nickte sie nur halbherzig, senkte den Blick und schwieg dann.

»Was ist denn, Gitti?«, fragte Anna.

Brigitte sah, ohne zu antworten, betreten zu ihr hoch.

»Was war los? Ist irgendetwas passiert?«

»Da waren so Leute im Wald –«

»Leute im Wald?«

»Ja, die sind gelaufen und waren barfuß und ganz

dünn und in gestreiften Sachen, ganz schmutzig, und sind von uns weggelaufen, und die Frau Lehrerin hat uns gleich wieder in die Schule zurückgebracht, sie war ganz blass und hat sich gefürchtet –«

»Um Gottes willen«, stieß Anna hervor.

Sie war plötzlich auch blass geworden, umarmte ihre Tochter und drückte sie fest an sich. »Wenn das so weitergeht –«, murmelte sie, »das ist ja fürchterlich –«

Brigitte löste sich aus der mütterlichen Umarmung.

»Wer waren denn diese Menschen, Mutti?«, fragte sie.

»Ach niemand – arme Leute eben, auf der Flucht wohl –«

»Warum arm? Und warum auf der Flucht?«

»Das verstehst du noch nicht, Gitti«, Anna versuchte ihre Fassung wiederzugewinnen und sprach jetzt mit fester Stimme. »Das Beste ist, du vergisst diese Sache mit diesen Menschen im Wald wieder.«

»Das hat die Frau Lehrerin uns auch gesagt. Wir sollen es wieder vergessen.«

»Na siehst du!«, rief Anna, »Das ist nichts für Kinder!«

Sie strich sich die Haare aus dem Gesicht, bemühte sich um eine möglichst heitere Miene und lächelte Brigitte zu.

»Heute Abend gibt es Powidltascherln, die magst du doch so gern, unsere Oma hat die immer gemacht, erinnerst du dich?«

Brigitte nickte.

Aber obwohl sie sich bemühte, gelang ihr nicht, diese Begegnung während des Schulausflugs zu vergessen. Sie blieb bedrückt von dem, was sie dort gesehen hatte. Das Bild dieser vor sich hinlaufenden, keuchenden und ausgemergelten Menschen lief ihr hinterher.

Und beim Abendessen fiel Brigitte bei den Eltern eine ähnliche Bedrückung auf. Anna hatte sicher schon davor, unter vier Augen, dem Vater von dem Erlebnis der Tochter erzählt. Jetzt fielen nur noch Sätze allgemeinerer Art, die Kinder sollten wohl von keinerlei Disput aufgestört werden. Aber trotzdem schwang eine seltsam dunkle Erregung in jedem Wort.

»Sowas ist unzumutbar für Kinder«, sagte Anna irgendwann.

Sie aß und schwieg wieder.

»Und nicht nur für Kinder, Seff!«, fügte sie dann hinzu.

Der Vater blickte düster vor sich hin, während auch er langsam und lustlos weiteraß.

»Bist du oft in den Lagern?«, fragte Anna nach einer Weile.

»Schon«, lautete Josefs kurze Antwort.

»Und?«

»Na ja.« Der Vater kaute wie wild.

»Ja?«

»Schrecklich!«

»Muss das denn sein?«, fragte Anna heftig.

Josef wollte zu einer ebenfalls heftigen Antwort ansetzen, ließ es dann aber abrupt sein. Mit einem »Entschuldigt mich« stand er vom Tisch auf und verließ das Zimmer.

»Was hat der Vati?«, fragte die kleine Erika.

»Er hat es schwer«, sagte Anna leise, mehr zu sich selbst denn als Antwort. Sie aßen schweigend weiter.

»Ist es vielleicht wegen der armen Leute auf der Flucht?«, fragte jetzt Brigitte vorsichtig. Sie hatte gespürt, dass wohl ihr Erlebnis beim Schulausflug für die Eltern Thema geworden war.

»Nein, mein Schatz.«

Anna seufzte auf und starrte vor sich hin.

»Nicht nur deswegen –«, fügte sie dann leise hinzu.

Brigitte beobachtete die Mutter aufmerksam.

Sie spürte wieder etwas auf sich zukommen, das ihr Leben verändern würde.

Es herrschte nach wie vor Krieg, er hatte sich mittlerweile zu einem Weltkrieg ausgeweitet. In Lemberg jedoch war davon noch nichts zu merken, jedenfalls nicht für die behüteten Kinder im Bereich der Gouverneurs-Villen.

Aber manchmal bekam Brigitte jetzt mit, dass der Vater umdüstert aus dem Büro heimkam, er schien die anfängliche Freude an seiner Arbeit verloren zu haben.

Und die Mutter konnte sich kaum vermehrt polnischer Menschen erwehren, die sich in Verzweiflung vor der Haustür drängten und etwas erflehten. Meist geschah das, wenn es bereits dämmerte, bei Einbruch der Dunkelheit, und die Kinder erlebten danach eine schwer atmende, außer sich geratene Mutter, die sie eilig ins Bett schickte und dann, durch alle Zimmer hörbar, dem Vater lautstarke Vorhaltungen machte.

Auch das ihnen liebgewordene Kindermädchen Tonja verlor mehr und mehr seine heitere Freundlichkeit, ernsthaft geworden sah es oft mit Tränen in den Augen vor sich hin.

Und eines Tages kam Tonja nicht mehr.

Bald darauf erklärte die Mutter ihren beiden Kindern, dass sie nach Wien zurückreisen würden. Nur zu dritt würden sie das tun. Denn der Vater hätte beschlossen, einzurücken. An die Front zu gehen.

Für sein Vaterland zu kämpfen.

Erika lauschte fröhlich und verstand nichts.

Aber Brigitte erschrak.

»An die Front? Du meinst – in den Krieg?«

Anna nickte.

»Aber dort wird doch geschossen!«

»Der Vati wird gut aufpassen.«

»Aber wenn ihr Nachrichten hört, dann schaut ihr euch doch immer so an, als würde im Krieg was Schlimmes passieren!«

»Sicher, ja – der Krieg ist sicher was Schlimmes – aber der Vati kommt am Anfang nicht gleich dorthin, wo es schlimm ist – er kommt erst zu einer Ausbildung, das muss am Anfang sein, wenn man ein Soldat wird – und vielleicht ist er ohnehin bald aus, dieser Krieg! In Wien ist noch alles ganz ruhig, so wie hier in Lemberg, ihr werdet sehen! Näher kommt er vielleicht gar nicht, der Krieg!«

»Warum fährt der Vati dann nicht lieber mit uns nach Wien?«

»Das geht leider nicht.«

»Muss der Vati denn an die Front gehen?«

»Er will es. Damit alles besser wird.«

»Damit keine Menschen so davonlaufen müssen wie die im Wald? Oder so arm sind wie die Leute abends vor unserer Tür?«

Anna sah Brigitte mit einem langen traurigen Blick an.

»Wird das aufhören, wenn kein Krieg mehr ist?«, fragte Brigitte.

»Ich weiß nicht, Gitti.«

Anna spürte Tränen aufsteigen und gab sich einen Ruck.

»So! Jetzt aber Schluss mit dem Krieg! Wir werden in Wien in unsere Wohnung zurückkommen, die Großeltern wiedersehen, und der Vati bleibt sicher nicht lange weg!«

Wieder einmal wurden Koffer gepackt, wurde ein Umzug vorbereitet, musste ein Lebensraum verlassen werden, den man liebgewonnen hatte. Für Brigitte bedeutete das auch, sich von Ingrid und den anderen Kameradinnen in der deutschen Schule verabschieden zu müssen. Und daheim vermisste sie in diesen letzten Lemberger Tagen ihre Tonja, die so traurig geworden und plötzlich weggeblieben war.

Bei der Gouverneursfamilie in der Nebenvilla gab es einen Abschiedsbesuch, der jetzt seltsam förmlich verlief, die Zeit der Festivitäten schien vorbei zu sein.

Während der Reisevorbereitungen blieb der Vater noch an der Seite der Familie, erst alleine geblieben würde er das Haus verlassen und als Soldat einrücken.

Er brachte vorher schon die Fülle an Gepäck zur Bahn, und beim endgültigen Aufbruch begleitete er Anna und die Kinder bis ins Schlafwagencoupé. Es war früher Abend und die Stimmung am Bahnhof wieder hektisch und laut.

Aber dann wurde das Abschiednehmen unerlässlich. Als der Vater sie umarmte, kämpfte Brigitte mit dem Weinen.

»Keine Tränen, Gitti«, sagte Josef, »wir sehen uns sicher bald wieder!« Und er küsste sie und die kleine Erika zärtlich.

Aber auch das Ehepaar tat sich schwer, vor den Mädchen Haltung zu bewahren, als es sich ein letztes Mal umschlang.

Und als der Vater am Bahnsteig stand, der Zug losfuhr, und sie ihm aus dem Abteilfenster zuwinkten, solange er noch zu sehen war – da konnte Anna nicht verhindern, dass sie danach alle drei bitterlich weinten. Sogar die kleine Erika schluchzte, auch sie hatte dieser Abschiedsschmerz angesteckt. Was aber die beiden Mädchen nicht wissen konnten, war das Nahen eines weiteren Schwesterchens im Leib der Mutter.

Anna war wieder schwanger.

In Wien herrschten wirklich noch Gleichmaß und Ruhe, das Kriegsgeschehen wurde zwar per Radio und Zeitungen verfolgt und kommentiert, jedoch der Alltag verlief wie früher.

Die Wohnung empfing Mutter und Kinder blitzblank geputzt und mit einem Blumenstrauß am Esstisch, die Tanten hatten sie für die Heimkehrenden vorbereitet. Alle freuten sich, Anna, Brigitte und Erika wieder in Wien zu haben! Die Großeltern wurden besucht, es gab eine Menge familiärer Einladungen, aber auch im Döblinger Wohnhaus ergab sich wieder herzlichster Kontakt zu den Nachbarn.

Brigitte und Magrit, beide gewachsen und älter geworden, waren trotz des längeren Getrenntseins gute Freundinnen geblieben. Sie gingen wieder einträchtig zur selben Schule, machten oft gemeinsam Hausaufgaben oder spielten und tollten im Garten herum, manchmal auch mit der kleinen Erika.

»War es schön in Polen?«, hatte Magrit anfangs gefragt.

»Ja schon«, sagte Brigitte.

Diese kurze Antwort genügte Magrit nicht.

»Und?«, fragte sie weiter.

»Also – wir haben eine schöne Villa für uns allein gehabt – und einen großen Garten«, Brigitte wurde ausführlicher, »in der deutschen Schule war ich recht gern – meine Sitznachbarin war sehr nett, sie hat Ingrid geheißen – aber –« Brigitte verstummte.

»Aber?«, ließ Magrit nicht locker.

»Na ja – bei einem Schulausflug – da haben wir im Wald so komische Menschen davonlaufen sehen – irgendwie schrecklich waren die – so elend –«

»Waren es Juden?«, fragte Magrit.

»Wer?«, fragte Brigitte.

»Na ja, Juden! Die mag man ja jetzt nicht mehr haben auf der Welt! Man sperrt sie ein. Deshalb flüchten sie vielleicht.«

»Warum mag man sie nicht mehr haben?«, fragte Brigitte.

»Weiß ich nicht genau«, sagte Magrit, »der Papa hat mir nur gesagt, dass ich aufpassen soll mit Juden. In der Schule zum Beispiel.«

»Sind denn Juden in der Schule?«

»Jetzt nicht mehr. Aber wie du in Polen warst, sind die Lea und die Ruth – erinnerst du dich an die zwei? – die sind auf einmal weg gewesen – die Lehrerin hat gesagt, weil sie eben Jüdinnen sind, und das passt nicht zwischen uns andere Mädchen.«

»Aber warum?« Brigitte verstand das nicht. »Die waren doch beide sehr nett? Was hat denn nicht gepasst?«

Magrit zuckte mit den Schultern.

»Was weiß ich – aber alle reden dauernd von den Juden – deine Eltern nicht?«

Brigitte überlegte.

»Meine Mutter hat nur mal so geseufzt, weil irgendwelche Leute in Polen sie um Hilfe gebeten haben – und da hab ich sie murmeln gehört – das mit den Juden halt ich nicht mehr aus –«

»Und dein Papa?«

»Der Vati ist eingerückt. Er ist jetzt Soldat.«

»Bei der SS?«

»Bei wem?«

»Das sind die mit den tollen Uniformen!«

»Nein, ich glaub – ich glaub, der Vati ist nur ein gewöhnlicher Soldat.«

»Ach so«, sagte Magrit. »Mein Papa mag nur die SS.«

»Ist er auch eingerückt?«

»Nein, er ist im Ministerium. Hat aber auch eine Uniform an, mit Hakenkreuz, auch eine schöne.«

»Ach so«, sagte jetzt Brigitte, »wie der Gouverneur!«

»Wer?«, fragte jetzt Magrit.

»Der Gouverneur von Polen. Der war unser Nachbar.«

»Was! Euer Nachbar?« Bewunderung schwang in Magrits Frage.

»Der Vati hat bei ihm gearbeitet«, sagte Brigitte, »als Adjutant.«

»Auch mit einer Uniform?«

»Ja.«

»Mit Hakenkreuz?«

»Überall ist ja ein Hakenkreuz«, schloss Brigitte diese Erörterung ab, Uniformen interessierten sie nicht so sehr, wie es bei Magrit der Fall zu sein schien. »Rechnen wir erst? Oder schreiben wir erst das Gedicht ab?«

»Erst das Gedicht«, sagte Magrit, und beide senkten sie wieder ihre Köpfe über die Hausarbeiten.

Eines Tages setzte sich Anna zu ihren Mädchen.

»Ich muss euch jetzt etwas Wichtiges sagen«, begann sie, schwieg dann aber.

»Ja, Mutti?«, fragte Brigitte, »Was denn?«

»Nun«, fuhr Anna jetzt fort, »sicher habt ihr schon bemerkt, dass ich manchmal müder bin als sonst? – und vielleicht auch – dass ich ein bisschen dicker geworden bin?« Sie lächelte und legte eine Hand auf ihren mittlerweile leicht gewölbten Bauch. »Also – ihr werdet noch ein Geschwisterchen bekommen!«

Überrascht starrten beide Kinder die Mutter an.

»Dann, wenn der Vati wieder bei uns ist?«, fragte Brigitte.

»Das weiß ich nicht, Gitti, ob er dann hier sein kann.«

»Ohne Vati kommt das Geschwisterchen?«

»Der Vati weiß schon längst davon, schon in Lemberg hat er es gewusst, und er freut sich!«

»Kommt es bald, dieses Geschwisterchen?«

»Erst nächstes Jahr – also im Frühling. Da habt ihr dann einen kleinen Bruder oder eine kleine Schwester! Freut ihr euch auch?«

»Ja«, sagte Brigitte.

Vom Vater kamen immer wieder Briefe, die sogenannte »Feldpost«, und Anna las sie den Kindern vor. Was er schrieb, klang meist so, als wäre er recht vergnüglich unterwegs und nicht als Soldat an der Kriegsfront. Trotzdem sah Brigitte in den Augen ihrer Mutter dunkle Besorgnis, auch wenn sie beim Vorlesen lächelte. Die munteren Worte des Vaters schienen also etwas zu überdecken, das so munter nicht war.

In Wien hingegen ging alles eine Weile noch seinen Gang, als wäre die Welt in Ordnung. Bis die private Familienwelt plötzlich in Unordnung geriet. Es gab Komplikationen bei Annas Schwangerschaft, ein plötzliches Nierenleiden machte der werdenden Mutter zu schaffen, sie hatte Schmerzen und sollte auf ärztlichen Befehl unbedingt das Bett hüten.

In dieser Notlage sprang eine der Großmütter ein, Anna und die Mädchen übersiedelten für eine Weile in die große Wohnung der Oma väterlicherseits. Bei ihr lebte auch Lisi, die Cousine der Mädchen. Da Tante Ritschi, die Schwester des Vaters, diese unehelich geboren hatte, hatte die Oma das Kind zu sich genommen, um die Mutter weiterhin als Stewardess auf Übersee-Schiffen arbeiten zu lassen.

Brigitte war sonst immer sehr gern bei dieser Oma gewesen, und vor allem auch bei Lisi, die zwei Jahre älter war als sie. Jetzt aber lebten sie allzu eng in Notbetten, und das Stöhnen und Wehklagen der Mutter, die Omas Schlafzimmer für sich beanspruchte, bedrückte auch die Kinder.

Die Oma aber versuchte mit ihren Kochkünsten immer wieder Stimmung in die traurig lauschende Runde zu bringen, es gab böhmische Köstlichkeiten, Palatschinken und Germknödel, und die drei Mädchen schmausten vergnügt. Beruhigt verschwand die Großmutter also wieder und versorgte und pflegte die angeschlagene Anna. Brigitte und Lisi hingegen widmeten sich der kleinen Erika, um auch hilfreich zu sein.

Sie saßen aber außerdem immer wieder zu zweit über den Hausaufgaben, da Brigitte mit der Straßenbahn ja weiterhin ihre Döblinger Schule und

Lisi das nahegelegene Gymnasium besuchte. Die Cousine war eine besonders gute Schülerin, außerdem hübsch, mit schwarzglänzenden Haaren, und allseits beliebt, während Brigitte wie ein normales, blondes Mädchen aussah und es ohne sonderlichen Ehrgeiz geschafft hatte, in die letzte Volksschulklasse aufzusteigen. Jetzt aber, am großen Speisezimmertisch von Omas Wohnung, nahm sich Lisi mit einer gewissen Strenge ihrer an, sie musste den Hausübungen mehr Aufmerksamkeit und Einsatz schenken, ob sie wollte oder nicht, es ging hier nicht so spielerisch und leichten Herzens zu wie an Magrits Seite.

»Du solltest dich ganz einfach mehr bemühen!«, mahnte Lisi immer wieder. »Es ist doch schön, etwas zu erlernen, findest du nicht?« Und Brigitte nickte, obwohl diese Begeisterung für das Lernen ihr in dieser bedrückten Situation ein wenig schwerfiel. Lieber beschäftigte sie sich mit der kleinen Erika und umsorgte diese gemeinsam mit der Oma so, dass das Fehlen der mütterlichen Fürsorge ein wenig aufgehoben wurde.

Anna ging es langsam ein wenig besser, jedoch ruhte sie nach wie vor die meiste Zeit. Nur ab und zu zeigte sie sich in den anderen Räumen der Wohnung, oder sie ging am Arm der Oma ein paar Schritte ins Freie. Brigitte bestaunte diesen gewaltigen Bauch, den Anna vor sich hertrug. So ähnlich hatte sie sich also selbst im Leib der Mutter breitgemacht damals in Brasilien, dachte sie, es erschien ihr seltsam und aufregend, dass man da eines Tages herauskriechen und ein Mädchen werden konnte, so eines, wie sie jetzt war.

Und es geschah eines Nachts, dass Anna mit Wehen ins Spital gebracht werden musste. Brigitte war mit Lisi und Erika in der Wohnung der Großmutter zurückgeblieben, der Aufbruch ihrer stöhnenden Mutter hatte sie erschreckt, und während die beiden anderen fest schliefen, erwartete sie hellwach und in quälender Aufregung Omas Rückkehr. Die erschien erst in den Morgenstunden, wirkte müde, aber erleichtert, und sagte: »Also wieder ein Mädchen! Jetzt seid ihr tatsächlich ein Dreimäderlhaus!«

Als die Mutter dann nach einigen Tagen das Spital verlassen konnte, bezog sie mit ihren Töchtern wieder die Döblinger Wohnung. Sie fühlte sich dafür jetzt gesund und kräftig genug, konnte das Baby ohne Mühe stillen, und Brigitte ging ihr zur Hand, wann, wo und wie immer sie konnte. »Danke, mein Gitti!«, sagte Anna oft, »Du bist wirklich meine Große!«

Das machte Brigitte stolz. Und sie liebte das kleine Wesen, diese winzige, neue Schwester, die den Namen Ingeborg erhalten hatte. Die Mutter machte Fotos, um sie dem Vater an die Front zu senden. Und einmal ließen sie sich sogar alle zusammen kunstgerecht in einem nahen Foto-Atelier ablichten: die strahlende Mutter mit der kleinen entzückenden Ingeborg am Schoß, rechts die lockige Erika, und links sie, Brigitte, mit ihren blonden Zöpfen. Es wurde ein sehr hübsches Bild, und Anna berichtete den Mädchen vom begeisterten Brief des Vaters, als der diese Fotografie erhalten hatte.

Keiner konnte ahnen, dass diese Fotografie ein letztes Bild von familiärem Wohlergehen werden sollte. Auf Jahre hinaus.

Dieser Krieg, der die ganze Welt erfasst hatte, machte schließlich auch vor Wien nicht Halt. Die Stadt wurde bombardiert. Am Morgen eines sonnigen Tages geschah es zum ersten Mal, dass eine Sirene, die in lautstarken Wellen über die Häuser hinwegdröhnte, Hektik und Angst ausbrechen ließ.

Anna, die wie alle Einwohner Wiens bereits mit der Möglichkeit eines Angriffs gerechnet und sich vorbereitet hatte, belud ihre Schulter mit der vorbereiteten Umhängetasche. Ingeborg in den Armen lief sie voraus, und Brigitte, die kleine

Erika an der Hand, folgte. So hasteten sie zwischen anderen Menschen, die ebenso die Flucht ergriffen hatten, zu dem nahen, sich über einen Hügel erstreckenden Parkgelände. Dort gab es einen ehemaligen, nicht mehr benutzten Stollen, der tief in den Hang hineinführte und jetzt für die Bewohner des umliegenden Bezirks zu einem der sogenannten »Luftschutzkeller« auserkoren worden war.

Da hockte man nun dichtgedrängt auf irgendwelchen mitgebrachten Klappstühlen oder Holzklötzen, es war feucht und kalt in der lehmigen, finsteren Röhre, mit Kerzen und Taschenlampen wurde sie mühsam ein wenig erhellt.

Während Anna sich um das Baby bemühte, es warm einhüllte und mit leisem Summen hin und herwiegte, nahm Brigitte schnell Erikas Angst wahr, die zitterte und mit großen Augen vor sich hinstarrte. Da vergaß sie ihren eigenen Schrecken, drückte das kleine Mädchen an sich und versuchte es zu beruhigen. »Ist ja bald vorbei«, sagte sie, »wirst sehen, Erika – und hier passiert uns ja nichts!«.

Und wirklich passierte diesmal nichts, eine andersartige Sirene verkündete die sogenannte »Entwarnung«, die Leute kletterten erleichtert wieder aus dem Stollen und gingen heim.

Jedoch geschah es immer wieder und immer häufiger, dass die warnende Sirene weithin vernehmbar hochfuhr und das Verlassen der Wohnung und Aufsuchen des Stollens erzwang. Oft geschah es früh am Morgen, manchmal sogar nachts. Man wurde aus dem Schlaf gerissen, stürzte müde auf die Gasse hinunter und rannte dann im Eiltempo Richtung Park. Die kleine Erika hielt sich im Dahinlaufen die Ohren zu und schrie gellend laut vor sich hin, um damit die laute Sirene und ihre Angst zu übertönen. Ihr Geschrei steigerte den allgemeinen Aufruhr, Anna, die schwere Umhängetasche und den Säugling schleppend, rief: »Bitte! Erika! Bitte sei still!«, und war den Tränen nahe.

Brigitte aber sprach leise und bestimmt auf die kleine Schwester ein, bis das Schreien aufhörte, nahm sie dann im Vorwärtseilen fest an der Hand und blieb mit ihr dicht hinter Anna. Auch im Stollen bewahrte sie Ruhe, richtete fürsorglich die Taschenlampe zur Mutter hin, wenn Ingeborg gestillt werden musste, und passte trotzdem auf, dass dieser intime Vorgang möglichst geschützt blieb. Dabei ließ sie aber auch Erika nie aus den Augen. »Du machst das so gut, Gitti«, flüsterte die erschöpfte Anna, »hab bitte keine Angst – wir schaffen es schon –«

Aber Brigitte hatte keine Angst. Indem sie begonnen hatte, sich verantwortlich zu fühlen, konnte sie weitgehend furchtlos bleiben. Da gab es das Baby, die überlastete Mutter, die verängstigte kleine Erika – erst zehnjährig, war sie plötzlich erwachsen und hatte keine Zeit für die Angst.

Sogar, wenn die feindlichen Luftgeschwader sich mit bedrohlichem Summen der Stadt näherten und fern, in den inneren Bezirken Wiens, Bombeneinschläge zu hören waren, behielt Brigitte ihre Fassung. Es galt die geschwächte und nervöse Mutter zu unterstützen. Sie hatte das übernommen, als einen an sie gestellten Auftrag. Von wem auch immer.

Manchmal ergaben sich nach der Entwarnung Ruhepausen, die auf den Parkwiesen verbracht wurden. Denn wenn man erfuhr, dass der nächste Angriff nicht lange auf sich warten lassen würde, kroch man zwar ins Freie, verblieb aber in der Nähe des Stollens. Bei Schönwetter wurden Decken ins Gras gebreitet, die Frauen holten Brote und Getränke aus ihren Taschen, die Erwachsenen lagerten in der Sonne, die Kinder spielten, manchmal wirkte alles so friedlich, dass man den Krieg nahezu vergaß.

Aber Brigitte fiel eines Nachmittages ihre Schwester Erika auf, die gedankenverloren mitten in einer der Parkwiesen stand und dunkel vor sich hinblickte. Also näherte sie sich ihr.

»Hallo Erika! Was ist denn? Warum spielst du nicht mit? Wir haben doch grade mit Blinde Kuh angefangen?«

»Alles kann zerstört werden«, sagte Erika.

»Aber doch nicht im Moment! Jetzt ist es doch gerade ruhig.«

»Ja – aber irgendwann kommen die Bomben.«

»Aber nicht jetzt!«

»Sie kommen immer wieder, wirst sehen«, sagte Erika.

Brigitte sah deutlich die Schwere einer sie durchdringenden Angst auf der kleinen Schwester lagern, spürte deren Hinweggleiten in ein Grauen, das nicht ihrem Kindsein entsprach. Und selbst ja noch Kind, wusste sie plötzlich keine Antwort mehr. Sie legte den Arm um Erikas Schultern, und beide schwiegen, während sie über die Wiese hinwegblickten.

Eines Tages erreichten sie den Stollen nicht mehr. Bombergeschwader näherten sich dröhnend, die Luft zitterte, alles dröhnte – also rasch in den nächstbesten Luftschutzkeller! Es war der des Klostergebäudes, das sich neben der Kirche auf dem Weg zum Park hin befand. Eilig stolperte Anna mit ihren drei Kindern in einen voll besetzten Kellerraum hinunter.

Es waren fast nur Nonnen, die da dichtgedrängt

saßen. Anfangs schreckten sie bei dieser Anhäufung ehrfurchtsgebietender schwarzer Gewänder ein wenig zurück. Aber schnell ließ die Ehrfurcht nach. Denn nur mit Mühe errangen sie zwischen den heiligen Frauen, die ihnen in keiner Weise zu helfen bereit waren, einen Platz zum Bleiben. Und gleich danach begann der Keller zu erzittern. Es gab Bombeneinschläge in nächster Nähe, einen nach dem anderen. Von der Decke fiel dichter Staub, die Wände schienen zu wanken, die Luft zu dröhnen. Und die Nonnen kreischten, Rosenkränze wurden zwar umklammert und Gebete ausgestoßen, jedoch siegte bei jedem Bombentreffer der Aufschrei blanker Angst. Anna presste Ingeborg an sich, Erika verbarg ihren Kopf im Schoß der Mutter, und Brigitte legte ihre Arme um sie alle.

Stumm aneinander Halt suchend hielten sie stand.

Wie lange dieses Inferno dauerte, blieb Brigitte nicht im Bewusstsein. Zu sehr versuchte sie in eine Art Bewusstlosigkeit zu geraten, in einen fernen inneren Raum, wo alles schwieg, das Getöse, die Schreie, die Angst.

Irgendwann trat Stille ein. Auch die Nonnen schwiegen oder beteten jetzt leise. Dann Schritte von oben her, die Kellertüre wurde geöffnet und staubbedeckte Männer schauten herein.

»Hallo? Wie geht's? Alles so weit in Ordnung?«

Die Nonnen das mit dankbar zitternden Stimmen.

»Gut, dann raus hier!«

Brigitte wird diesen Aufstieg aus dem Keller, und wie sie ins Freie gelangten, nicht vergessen. Man stieg über Gesteinsbrocken hoch. Draußen war die Luft von weißem Staub erfüllt, und ringsum lagen Trümmer. Die ehemals vertraut gewesene Straße war nicht wiederzuerkennen. Zerstörte Häuser, Berge von Schutt. Und vor allem dieser weiße Nebel, der alles in einer todesähnlichen Stille zu umhüllen schien.

Mit anderen Hausbewohnern, die ebenfalls in Luftschutzkellern überlebt hatten, gingen sie langsam, Schritt für Schritt, zu ihrem Wohnhaus zurück. Zwischen Schutt und Glasscherben, an geborstenen Mauern, rauchenden Trümmern vorbei, näherte sich dieser Trupp schweigender Menschen der Straßenbiegung – dann das abrupte Anhalten – und entsetzt schrien einige auf. Eine Hälfte des Hauses fehlte! Nur lastender Staub, Parkettböden ragten ins Leere.

»Unsere Wohnung ist noch da«, flüsterte Anna.

Dann kam Bewegung in die Hausbewohner, deren Heim von der Bombe vernichtet worden war, schluchzend oder Verwünschungen ausstoßend stürmten sie im Eilschritt davon. Anna blieb mit ihren Kindern noch eine Weile stehen und starrte fassungslos zu dem versehrten Gebäude hin. Bis das Baby zu schreien begann und auch Brigitte, mit Erika an der Hand, sie an der Schulter schüttelte und »Komm, Mutti!« sagte.

Sie konnten durch ein ziemlich intaktes Stiegenhaus zu ihrer Wohnung im zweiten Stock hochsteigen. Jedoch war alles von weißem Staub vernebelt, Verputz hatte sich von den Wänden gelöst und knirschte unter den Füßen. Die Wohnräume selbst wirkten fast unverändert, nur ein wenig durcheinandergebracht. In der Küche waren es zwei Glasflaschen und ein paar Kaffeetassen, deren Scherben den Boden bedeckten. Und auch hier lastete in allen Zimmern diese Wolke aus feinem Staub.

Anna beschäftigte sich sofort mit der kleinen Ingeborg, sie musste gebadet, gefüttert, ins Bett gebracht werden. Brigitte und Erika aber gingen in den Garten, dorthin, wo die verzweifelten Hausbewohner in den Trümmern nach Resten ihres Besitzes und ihrer Vergangenheit suchten. Frauen weinten, Männer fluchten, und Kinder schauten zu. Man versuchte mit Seilen und Leitern, die in Eile irgendwo aufgetrieben worden waren, Teile des Mobiliars über schräg hängende Böden unverletzt heruntergleiten zu lassen. Man versuchte zu retten, was noch zu retten war.

Magrit stand neben Brigitte. Deren elterliche Wohnung befand sich auch im unzerstörten Teil des Hauses, und die beiden Mädchen verfolgten aufmerksam, was sich vor ihren Augen abspielte. Die Sonne schien ungerührt aus einem blauen Himmel herab, und es wirkte tatsächlich wie ein Spiel, ein überdimensionales Sandkastenspiel, wie da Menschen im Schutt und in den Trümmern wühlten. Sogar fiel ab und zu eine witzige Bemerkung – und trotz aller Bitternis, in allem Leid, wurde darüber gelacht.

»Dass die lachen können«, sagte Magrit leise, »ich glaube, mein Papa täte bei sowas nicht lachen!«

»Meiner schon«, antwortete Brigitte mit Bestimmtheit. Ob das nun tatsächlich so wäre – sie stellte sich ihren Vater einfach so heiter und lebensfroh vor wie damals im brasilianischen Meer, als er mit ihr tollte und spielte und lachte. Sie wollte ihn nicht als Soldat mitten im Krieg vor sich sehen. Magrits Vater war schließlich nicht im Krieg, die Freundin konnte den ihren viel unbesorgter erwähnen!

»Mein Vater hat immer Humor«, fügte Brigitte noch hinzu.

Und obwohl sie das jetzt gesagt hatte, um mit ihrem abwesenden Vater gegen vorhandene Väter aufzutrumpfen, war ihr etwas während all der Schrecknisse des Krieges immer wieder aufgefallen: dass im stockdunklen Stollen, zwischen Bombeneinschlägen und Angst, plötzlich irgendwer etwas Witziges sagte – oder jemand unvermutet einen Witz erzählte – und dass die Erwachsenen darüber lachen mussten, ob sie nun wollten oder nicht. Die Mutter hatte sich einmal sogar Tränen aus ihren Augen gewischt – wenn sie wirklich lachte, lachte sie immer Tränen – und »was täten wir nur ohne Humor« gemurmelt. Das hatte Brigitte sich gemerkt.

Als die Dämmerung einsetzte, verabschiedete sie sich von Magrit und ging mit Erika an der Hand nach Hause. Denn Anna hatte herübergerufen: »Es ist an der Zeit! Bitte heimkommen!«

Die eigene Wohnung war mittlerweile vom ärgsten Staub befreit, die Betten frisch bezogen, ein Nachtmahl vorbereitet, und als Brigitte fragte, wo denn abends alle die armen Nachbarn, die mit einem Schlag obdachlos geworden waren, ein Nachtquartier finden würden, sagte die Mutter müde: »Ich weiß es leider nicht – bei Freunden vielleicht – oder Verwandten – aber wir essen jetzt und dann husch ins Bett!«

Jedenfalls war es bei Dunkelheit still geworden.

Brigitte wachte nachts manchmal auf.

Meist sah sie dann die Mutter, beim Schein einer Lampe und völlig angekleidet, nur im Lehnstuhl schlafen. Vorausschauend hatte Anna dafür gesorgt, dass Brigitte und Erika ebenfalls keinen Schlafanzug trugen, sondern angekleidet blieben, und dass der Säugling reisefertig gewickelt war. Die Türen zwischen den Zimmern waren geöffnet, die Umhängetasche – mit Broten, heißem Tee in einer Thermoskanne und Windeln für das Baby – stand im Vorraum bereit. Es galt auch bei nächtlichem Fliegeralarm – also dem plötzlich einsetzenden Ruf der Sirene – gewappnet und rasch die Flucht ergreifen zu können, vorerst auf die Straße hinunter, und dann im Eilschritt zum Stollen hin.

Aber trotz all dieser Maßnahmen wurden sie jedes Mal wieder aus dem Schlaf in panisches Erschrecken hochgerissen, wenn diese Sirene tatsächlich ertönte. Der von Anna eilig organisierte Aufbruch in die Nacht hinaus geschah in zitternder Hast, Erika brüllte mit zugehaltenen Ohren vor sich hin, oftmals schrie die kleine Ingeborg, und Brigitte versuchte mit aller Kraft ihrer Mutter zur Seite zu stehen.

Vom Heulen der Sirene gejagt rannten sie durch die Nacht.

Bis sich eines Tages alles änderte.

Nicht der Krieg.

Jedoch erhielt Anna den Bescheid, sie würde in das Programm der Evakuierungen aufgenommen – also als alleinstehende Mutter mit Kindern aus der umkämpften Stadt in weniger oder nicht bombardierte Gebiete transferiert.

»Gitti, stell dir vor, wir fahren weg aus Wien, aufs Land«, eröffnete Anna der größeren Tochter, »man hat uns ein Dorf zugewiesen, wo keine Bomben fallen werden! Es wird uns dort sicher besser gehen als hier!«

»Wann?«, fragte Brigitte.

»Ganz bald – übermorgen schon! Hilfst du mir packen?«

Und Brigitte half.

Möglichst wenig Gepäck durfte auf diese Evakuierungsreisen mitgenommen werden, also wählten sie und Anna gemeinsam aus, verwarfen einiges wieder, bis schließlich zwei Koffer all das enthielten, was unbedingt nötig war. Vor allem Ingeborg, das Kleinkind, weiterhin mit allem zu versorgen, was es brauchte, machte die größte Mühe. Brigitte spürte, dass die Mutter froh war, sie zur Seite zu haben, und es machte sie stolz.

Anna schleppte einen der Koffer und die kleine Ingeborg, Brigitte trug den anderen, leichteren

Koffer, außerdem – wie die Mutter – eine prall gefüllte Umhängetasche, und sie hielt Erika an der Hand. Der Opapa brachte die so ausgerüstete Schar zur Eisenbahn. Es war ein kurzer, jedoch tränenreicher Abschied im wilden Hin und Her des Bahnhofes, Anna umschlang ihren Vater und ließ die ganze Familie grüßen. Weinend erklomm sie dann mit Kindern und Gepäck den überfüllten Waggon, sie gerieten in ein dichtgedrängtes Abteil, und als gleich darauf der Zug mit einem heftigen Ruck losfuhr und alles durcheinanderwarf, musste die Mutter sich nochmals versichern, dass sie vollzählig waren.

Irgendwann bot man ihr mit dem Säugling denn doch einen Sitzplatz an, Brigitte und Erika kauerten ihr zu Füßen auf den Gepäcksstücken. Im Abteil herrschte erschöpftes Schweigen. Die allzu eng aneinandergepressten Menschen wurden vom gleichmäßigen Rhythmus der Bahnfahrt gewiegt, die meisten schlossen ihre Augen, um so diese erzwungene körperliche Nähe irgendwie zu ertragen.

Anna und das Baby, beide übermüdet, schliefen sogar ein.

Auch Erika, an Brigitte gelehnt, schlummerte.

Eine Weile fuhr der Zug in dieser Weise ohne Störung dahin, und jeder Passagier ersehnte wohl die baldige Ankunft am vorgeschriebenen Ort in

Oberösterreich, um aussteigen und ins Landleben entfliehen zu können.

Bis jedoch ein plötzliches Anhalten alles und alle durcheinanderschleuderte. Wie wild kreischten die Bremsen, bis der Zug endlich stand, Menschen hatten aufgeschrien, und Ingeborg wäre den mütterlichen Armen fast entglitten, hätte Brigitte, auf einem der Koffer davorsitzend, nicht wachsam nach dem Säugling gegriffen. »Was ist denn jetzt wieder los?«, stöhnte die verschlafene Mutter,

Schnell wurde klar, was los war.

»Fliegeralarm!«, wurde draußen gebrüllt. »Rasch! Alle raus aus den Waggons und ins Feld!« Ein Bombengeschwader schien sich zu nähern und den Zug angreifen zu wollen. Also drängte alles in panischem Aufruhr ins Freie, Anna und die Kinder wurden mitgerissen. Sie fanden auf der Böschung neben den Gleisen wieder zueinander, liefen wie alle anderen in Richtung des hochstehenden Maisfeldes und drangen zwischen den Stauden so tief sie konnten hinein. Irgendwo hockten sie sich nieder. Die kleine Ingeborg schrie laut. Anna und Brigitte versuchten das Baby zu beruhigen, und die verwirrte und haltlos weinende Erika umklammerte sie beide. Rundherum raschelte das Maislaub, ab und zu hörte man ein Flüstern, es hatten ja alle aus dem Zug in diesem Feld Zuflucht gesucht.

Und irgendwann vernahm man die sich nähernden Flugzeuge.

Anfangs war es nur ein fernes und leises Brummen, das sich jedoch im Herankommen mehr und mehr zu einem Dröhnen steigern sollte. Im Maisfeld herrschte jetzt totenähnliches Schweigen, angstvoll hielt jeder den Atem an und keiner regte sich.

Und dann war das Geschwader direkt über ihnen – mit einem Getöse, das den Himmel zu erfüllen schien –

»O Gott – jetzt –«, hauchte Anna, schloss die Augen und drückte das Baby an sich – Brigitte umklammerte Erikas Hand –

Aber – die Bomber flogen weiter!

Sie zogen über das Feld hinweg und davon. Der Zug war augenscheinlich nicht ihr Ziel gewesen, das Dröhnen entfernte sich und verklang langsam wieder.

Jetzt regte sich Leben zwischen den Maisstauden. Erleichtert laute Stimmen erklangen, wildes Rascheln war die Folge, alle strebten danach, schnell wieder aus dem Feld zu gelangen.

»Falscher Alarm!«, riefen die Bahnbediensteten. »Es geht weiter! Zurück auf die Plätze von vorhin!«

Anna, immer noch von überstandener Angst gezeichnet, kletterte mit ihren Kindern als eine der Letzten wieder in den Zug und fand mühsam ins selbe Abteil zurück. Erschöpft ließ sie sich auf ihren freigehaltenen Platz sinken. Und als auch Brigitte und Erika saßen, das eigene Gepäck sie umgab, als nach einem lauten Pfiff der Lokomotive der Zug wieder anrollte, überwand sie rasch alle Scham und stillte den Säugling. Brigitte aber war sofort zur Stelle. Geschickt bewirkte sie mit ihrem Kopftuch einen schützenden Vorhang. »Danke, Gitti«, flüsterte Anna.

Nach einigen Stunden Bahnfahrt stiegen sie aus. Viele der Mitreisenden verließen ebenfalls den Zug, man befand sich jetzt im ländlichen Oberösterreich, wo den Flüchtlingen Unterkünfte in verschiedenen Dörfern zugewiesen waren. Die Mutter schien auch zu wissen, dass für sie und ihre Kinder hier Endstation war und dass man wohl oder übel zu Fuß zum anbefohlenen Ort gelangen musste.

»Wartet hier«, sagte sie kurzentschlossen zu Brigitte und drückte ihr das Baby in die Arme, »gleich bin ich wieder da!« Sie eilte davon und verschwand im Bahnhofsgebäude.

Brigitte trug den Säugling wie ein kostbares Paket und rief: »Erika, bleib da!«, weil diese der Mutter folgen wollte. Plötzlich mit ihnen alleine gelassen, fühlte sie sich wie noch nie zuvor für ihre Schwestern verantwortlich. Sie wusste, wie überlastet Anna war, und wollte ihr mit besonderer Achtsamkeit hilfreich sein. Gottlob schlummerte die Kleine in ihrem Steckkissen, und Erika hockte jetzt dicht neben ihr auf dem Boden. Alle waren müde, die Bahnfahrt hatte sie erschöpft.

Als die Mutter wieder auftauchte, zog sie einen Leiterwagen hinter sich her. Es war ein mittelgroßes, handliches Gefährt, am Land für den Transport von Holzscheiten, Milchkannen oder dergleichen genutzt. Jetzt belud Anna es mit ihren Koffern und Taschen. Im freien Raum daneben schob sie eine Schicht Heu zu einem weichen Kissen zusammen. Über dieses breitete sie dann eine der Decken, die sie für den Säugling dabeihatte, und dazu noch ihre und Brigittes dickere Jacken und Mäntel. Ohne zu den Kindern zu sprechen und mit einer fast wilden Energie tat Anna das alles. Jedenfalls ergab sich schließlich neben der Fuhre fürs Gepäck auch noch ein Bettchen auf Rädern für das Baby Ingeborg.

Brigitte staunte. »Wo hast du das denn her, Mutti?«, fragte sie. »Diesen Leiterwagen? Und das Heu?«

»Der Stationsvorstand war sehr nett«, antwortete Anna.

Dabei lächelte sie so, wie Brigitte sie lange nicht mehr hatte lächeln sehen. In Lemberg war es ihr an der Mutter manchmal aufgefallen, dieses Lächeln, und es hatte stets etwas mit männlichen Gästen zu tun gehabt, mit Männern also. Brigitte, mit ihrem Mädcheninstinkt, wusste bald, dass Anna es liebte, bewundert zu werden und als schöne Frau zu gelten. Jetzt aber, in den Mühen und Wirrnissen des Krieges, war es gänzlich verschwunden gewesen, dieses Lächeln. Also hatte dieser »nette« Stationsvorstand bei der Mutter wohl wachgerufen, sich wieder einmal als junge hübsche Frau zu fühlen. Und das trotz Müdigkeit, abgetragener Kleidung und des Fehlens jeglicher Aufmachung.

»Er hat uns außerdem angeboten, im Bauernhaus einer alten Tante zu nächtigen«, fuhr Anna fort, »es liegt nicht sehr weit, du merkst ja, Gitti, dass es zu dämmern beginnt. Morgen wandern wir dann weiter.«

Also wurde Ingeborg auf das Heulager gebettet, Anna und Brigitte zogen den Leiterwagen, und Erika lief nebenher. Bald lagen alle Häuser hinter ihnen und sie befanden sich auf einer nahezu unbefahrenen Straße, die zwischen Apfelbäumen ins Land hinausführte.

Als sie das vom Stationsvorstand genannte Gehöft erreichten, war es fast dunkel. Eine alte Frau öffnete ihnen. Die Mutter musste erklären und auch flehentlich bitten, bis diese unwillig und stöhnend über knarrende Treppen vorausging und ihnen eine finstere Kammer mit drohendem »Aber nur die eine Nacht!« überließ. Dort stand einzig ein großes, hohes Doppelbett, auf dem sie alle ihren Schlafplatz finden mussten. Die Kissen und Decken waren benutzt und klamm, Anna hüllte vor allem Ingeborg in die Wärme ihrer eigenen Kleidung. Auch die Mädchen blieben angezogen, wie sie waren, denn den Leiterwagen mit Gepäck hatten sie ja unten stehen lassen.

Vom Reisetag erschöpft schliefen trotzdem alle irgendwie ein.

Am Morgen fiel durch zwei kleine Fenster Sonne auf das unwirtliche Bett. Schnell erwacht verließen sie es alle gern. Anna legte Ingeborg, die auch erstaunlich brav geschlafen hatte, rasch noch an ihre Brust, und als sie dann vereint die engen Treppen wieder hinunterstolperten, empfing sie sogar die Tante des Stationsvorstehers um einiges freundlicher. Nachts sei sie schon müde gewesen, sagte sie, der Neffe hätte eh geschimpft mit ihr, aber jetzt hätte sie dafür ihnen allen ein Frühstück vorbereitet, zur Stärkung, ehe sie weiterziehen würden.

Also saßen sie dann in einer großen Stube am Bauerntisch, direkt unter dem Herrgottswinkel, erhielten Milchkaffee in schweren Tassen und dazu dicke, mit Butter bestrichene Brotscheiben. Auch konnte, wer wollte, Honig dazu nehmen oder sich etwas vom hausgemachten Speck herunterschneiden. Anna aß mit Heißhunger. Ihren Töchtern drängte sie ein Brot nach dem anderen auf, so lange, bis die sich, sattgegessen, sträubten. Ahnungsvoll sah sie dem Weiterwandern entgegen.

Jedoch nach dem recht herzlichen Abschied von der Bäuerin schien eine Weile lang alles nahezu idyllisch zu verlaufen. Anna hatte sich genau erkundigt, welche Wege sie einschlagen musste, um zu Fuß den Ort Mattighofen zu erreichen. Von dort aus würden sie dann zur endgültigen Bleibe verwiesen werden, lautete die Anna in Wien gegebene Order. Wie lange sie aber jetzt zu wandern hätten, konnte sie nicht wirklich in Erfahrung bringen. »Na ja – a paar Stund' halt«, hieß es.

Vorerst aber fanden Anna und Brigitte es vergnüglich, kräftig auszuschreiten und den Leiterwagen hinter sich herzuziehen. Die sandige, jedoch festgetretene Landstraße führte zwischen blühenden Wiesen und hochstehenden Feldern dahin, streckenweise wurde sie von Obstbäumen überschattet. Die sanften Wellen der oberösterreichischen Landschaft umgaben die Wanderung, Ingeborg schlief, weich in das dahinrumpelnde Gefährt gebettet, und Erika lief glückselig nebenher und pflückte Blumen.

Irgendwann rasteten sie auf einer grasigen Straßenböschung, Anna stillte die Kleine, und die ihnen von der Bäuerin noch mit auf den Weg gegebenen Butterbrote wurden mit Appetit verzehrt.

Dann aber begann der nicht enden wollende Fußmarsch sie allmählich zu ermüden. Erika, die zu jammern anfing, wurde samt ihrem großen Blumenstrauß ebenfalls auf den Leiterwagen gehievt, und Anna mit Tochter Brigitte zogen ihn dadurch noch schwerer und mühsamer hinter sich her. Wenn die Straße ab und zu eine leichte Steigung hatte, keuchten sie vor Anstrengung. Außerdem begann der Tag sich zu neigen, die Sonne stand immer tiefer. Wenn eine Siedlung, erste Häuser, ein Kirchturm in der Ferne erschienen – wenn die Hoffnung in ihnen aufstieg, das Ziel erreicht zu haben – jedes Mal war es ein anderes Ortsschild, das sie empfing, ein anderer Weiler, der durchquert werden musste, und in dem der Hinweis »Na, na – des is scho no bis Mattighofen!« sie entmutigte.

Brigitte fühlte sich allmählich todmüde und kraftlos, wollte jedoch nach wie vor der Mutter beistehen, sie zog und zog diesen Leiterwagen, setzte nahezu mechanisch ihre Schritte, und geriet in einen seltsamen, nahezu schwebenden Zustand. »Gitti, lass es«, flüsterte Anna zwischendurch, »ich schaffe das schon allein –«, aber Brigitte ließ nicht locker. Auch als das Baby schrie, Erika weinte, zerrten Mutter und Tochter mit Todesverachtung ihre Fracht weiter die Straße entlang.

Es dunkelte bereits, als sie am Beginn einer schwach beleuchteten Dorfstraße endlich das Ortsschild »Mattighofen« entziffern konnten.

»Jetzt haben wir's gleich geschafft!«, stöhnte Anna erleichtert auf. »Kinder, ein Stückerl noch! Dann ist für heute Ruhe!«

Jedoch war die Ortschaft Mattighofen die größte im Umkreis, und die Mutter musste mit Brigittes Hilfe diesen Leiterwagen mit Baby, Kind und Kegel noch eine Weile durch Dorfstraßen, an bereits verschlossenen Häusern und vereinzelt erleuchteten Fenstern vorbei zerren, ehe sie mit letzter Kraft den Hauptplatz erreichten. Dort, neben der Kirche, befand sich ein wuchtiges einstöckiges Gebäude mit Holzbalkons und dem Schild »Gasthof Ebenbichler« über der Eingangstür. Alles wirkte düster, da es auch im Zentrum des Ortes kaum Straßenbeleuchtung gab. Nur aus einem einzigen ebenerdigen Fenster des Gasthofes drang noch trübes Licht.

»Wartet kurz«, sagte Anna, »ich geh' mal voraus.«

Brigitte nickte erschöpft.

Jedoch war die Tür verschlossen.

Anna klopfte also. Niemand meldete sich.

Schließlich, von diesem Tagesmarsch, ihrer Übermüdung und der hilflosen Situation überwältigt, begann Anna verzweifelt »Hallo! Aufmachen!« zu brüllen und wie wild gegen die Tür zu hämmern. Ingeborg begann bei diesem Lärm zu schreien, Erika laut zu weinen, Brigitte konnte beide nicht mehr beruhigen. In einigen der umliegenden Häuser öffneten sich Fenster, bis schließlich auch jemand von innen im Gasthof an die Tür kam und öffnete.

»Was is' denn?«, lautete die dumpfe Frage einer schläfrigen, vollbusigen Frau, die unter einem übergeworfenen Mantel bereits so etwas wie ein Nachthemd trug. Jetzt bezwang sich Anna und begann zu erklären. Brigitte versuchte weiterhin, ihre heulenden Schwestern zu bändigen, verfolgte aber nebenbei, wie Anna darauf bestand, heute Nacht unbedingt hier Quartier zu erhalten. Leider sei es durch den langen Fußmarsch so spät geworden, es täte ihr leid, sagte sie und drückte der Frau zuletzt den amtlichen Bescheid der Evakuierung in die Hand.

Irgendwann war es so weit. Die Mutter hatte den Kampf eindeutig gewonnen, und trotz später Stunde brach sogar eine gewisse freundliche Bereitschaft aus. Sie konnten den Leiterwagen vor der Tür stehenlassen und mit Sack und Pack das Haus betreten. Ein aus seinem Bett geholter und ebenso schläfriger Hausbursche half das Gepäck hereinzuschleppen, Anna trug das Baby, Brigitte führte Erika an der Hand.

Vorerst landeten sie in der Wirtsstube. Die füllige Frau im Nachthemd stellte sich jetzt vor, sie sei die Frau Ebenbichler, also die Wirtin. Sie könne in der Küche nur noch eine Leberknödelsuppe warm machen und ihnen servieren, das Zimmer läge oben im Stockwerk, dorthin müssten sie aber alle bald danach verschwinden, und bitte leise, ohne Aufruhr, die anderen Gäste, es seien auch Leute aus der Stadt, schliefen ja schon.

Auf einem Nebentisch wickelte Anna den Säugling, während Brigitte und Erika bereits hungrig die herbeigebrachte Suppe löffelten. Dann stillte sie die Kleine und aß gleichzeitig, nur mit einer müden Hand und gedankenverloren, ebenfalls von der Brühe und den Leberknödeln. Brigitte beobachtete die Mutter und sah ihr an, dass sie am Ende ihrer Kräfte angelangt war.

Über knarrende Holztreppen geleitete die Wirtin sie dann zu einem recht geräumigen, sehr einfach gehaltenen Zimmer. Aber zwei Betten standen da, das Bettzeug offensichtlich frisch, und es gab sogar einen Waschtisch in der Ecke. Der Hausbursche hatte das Gepäck zuvor schon hinaufgebracht, also konnten Brigitte und Erika ihre Pyjamas hervorholen, sich ein wenig säubern und dann zusammen in eines der Betten schlüpfen. Anna jedoch sank so, wie sie war, die schlummernde Ingeborg im Arm, ins andere Bett, murmelte noch »Gute Nacht, Kinder« und schlief sofort ein. Brigitte löschte das Licht.

Sie blieben zwei Tage im Gasthof Ebenbichler. Es gab Frühstück und zwei Mahlzeiten, dazwischen konnten sie sich ausruhen. Andere Frauen mit Kindern, alle aus den Städten Wien oder Linz, bewohnten die übrigen Zimmer. Vor dem Krieg beherbergte die Gastwirtschaft Urlauber, jetzt aber wurden von hier aus ländliche Domizile für Kriegsflüchtlinge gesucht, es war der Gasthof zu einer Art Sammelstelle geworden, um die Evakuierten im Umland zu verteilen.

Brigitte und Erika fanden in der Gaststube andere Kinder vor, mit denen sie spielen konnten, vor allem, wenn es regnete. Und es regnete heftig in diesen zwei Tagen. Also erfand man mit Papier und Buntstiften gezeichnete Spiele, manche Kinder hatten Karten oder Puppen dabei, oder sie tollten in den Gängen des Gasthauses herum, spielten Verstecken und »Blinde Kuh«. Brigitte passte jedoch stets auf Erika auf, da die Mutter sie dringend darum gebeten hatte. Selbst war Anna jetzt damit beschäftigt, die kleine Ingeborg sorgfältiger zu betreuen als auf der beschwerlichen Fahrt hierher. Sie blieb mit ihr oft auf dem Zimmer, bewachte, nachdem sie es gestillt hatte, den Schlaf des Babys, und kam möglichst nur zu den Mahlzeiten herunter.

Was sie aber trotzdem mit den Wirtsleuten und einem dafür verantwortlichen Mann aus der Gemeinde erörtern musste, war die endgültige Bleibe, die man ihr und ihren Kindern zuweisen würde. Schließlich kam es zu einer Einigung. Sie würden in Pfaffstätt, nur wenige Kilometer entfernt, unterkommen können.

Es war ein sonniger Morgen, als sie wieder den Leiterwagen mit all ihrem Gepäck beluden, sich von den Wirtsleuten Ebenbichler verabschiedeten und den Fußmarsch zu ihrem Zielort antraten. Anna hatte Anweisungen erhalten, wo genau man sie und ihre Kinder erwarten würde.

Also war Ingeborg wieder in das Gefährt gebettet, Anna und Brigitte zogen es, und wieder konnte Erika nebenherlaufen und sich den Blumen widmen. Die Landstraße nach Pfaffstätt schlängelte sich auch hier durch Felder und Wiesen dahin, ab und zu von Obstbäumen begleitet, ab und zu ein Wäldchen durchquerend.

Um die Mittagszeit erreichten sie das Dorf Pfaffstätt. Anna sah hinter den ersten Häusern gleich den Kirchturm aufragen und sie steuerten darauf zu. Also kamen sie bald zur Kirche, die Straße führte am anschließenden Friedhof entlang, und gleich hinter der ihn zur Seite abschließenden Mauer befand sich »das Haus der Stüblerin«. So hatte man es Anna gegenüber benannt, eine Frau Stübler würde sie dort erwarten. Es war ein kleineres einstöckiges Gebäude, weitgehend aus Holz gefertigt und auf hübsche Weise ländlich.

Als sie von der Straße abbogen und sich der Eingangstür näherten, trat sofort eine Frau heraus und kam lebhaft auf sie zu. Sie trug eine geblümte Kleiderschürze und ein kariertes Kopftuch, besaß rosige Wangen und sehr freundliche Augen.

»Grüß euch Gott«, sagte sie, »ich bin die Stüblerin – ihr seids wohl die Leut' aus Wien?«

»Ja«, antwortete Anna, »da bin ich mit meinen drei Töchtern, ich hoffe, wir kommen gelegen?«

»Und wie! Hab euch ja schon erwartet! Oben im Stock ist alles herg'richtet, ich war glei' dafür, dass wer aus der Stadt da wohnen kann, das muss ja was g'wesen sein mit die Bomben, hier haben wir's ja Gott sei Dank recht ruhig – also nur herein!«

Ein kleiner Bub, etwa in Erikas Alter, trat auch aus dem Haus und betrachtete die Neuankömmlinge.

»Das ist der Stefan, mein Sohn«, sagte die Stüblerin, »komm, Bub, grüß schön!« Und mit kräftigen Armen half sie dann den Leiterwagen zu entladen und dann das Gepäck die Treppen hochzutragen.

Es waren zwei kleine Zimmer und eine noch kleinere Küche, die sie oben empfingen. Sparsam und schlicht möbliert, war jedoch alles hell und sehr sauber gehalten. Zwei Betten gab es, ein Sofa und einen Schrank, im zweiten Raum den Esstisch mit Sesseln rundherum, in der Küche standen ein Herd und eine Kommode.

»Passt's?«, fragte die Stüblerin. »Wenig Möblage, ich weiß, aber ich hoffe, es reicht. Fürs Butzerl hätt' ich noch eine Wiege, die vom Buam, wie er klein war.«

»Oh danke«, sagte Anna, »wie lieb! Alles passt, ich bin froh, dass ich hier bin!« Sie wirkte erfreut und zufrieden.

Brigitte beruhigte das. In Mattighofen hieß es doch, diese Frau Stübler, zu der sie kämen, sei eine »Kleinhäuslerin«. Diese Bezeichnung schien Anna überhört zu haben, aber Brigitte hatte sie erschreckt. Den Herweg über befürchtete sie, ein winziges Haus und winzige Zimmer würden sie erwarten und könnten der Mutter missfallen. Jetzt aber sah alles ganz anders aus, nichts war winzig, alles war gemütlich.

Brigitte half Anna, sich in der kleinen Wohnung einzurichten. Ingeborg lag in der Wiege und brabbelte vor sich hin. Erika schien sich rasch mit Stefan verständigt zu haben, die beiden waren im Nu auf und davon. »Lassen S' die Zwei«, sagte die Stüblerin, »der Stefan kennt sich aus, bei uns im Dorf sind die Kinder immer unterwegs!« Und wirklich kam Erika erst spät mit einem riesigen Dotterblumenstrauß zurück und glühte vor Begeisterung, es sei so schön hier, ein kleiner Bach, ganz nah, und so viele Wiesen! Der Stefan hätte ihr alles gezeigt! Sogar ein Mühlrad gäbe es!

Anna erbat sich ein großes Einmachglas, füllte es mit Wasser, und da standen dann Erikas Blumen mitten auf dem Esstisch und schienen die bescheidenen Räume mit ihrem Goldgelb zu durchleuchten. Die Stüblerin hatte auf einem Holzbrett Brot, Butter und geräucherte Wurst für dieses erste Nachtmahl in der neuen Behausung gespendet, es fanden sich Teller und Besteck in der Küchen-Kommode, sogar ein blaukariertes Tischtuch lag zusammengefaltet dabei, alles war umsichtig vorbereitet worden. Also konnte Brigitte den Tisch decken, während Anna den Säugling stillte und in den Schlaf wiegte. Dann saßen sie zu dritt beisammen und aßen hungrig, ja gierig, ein mit Wurst belegtes Butterbrot nach dem anderen.

Bald hörten sie Schritte auf der knarrenden Holztreppe, die Stüblerin tauchte auf, und mit: »Wollts vielleicht bissel kalte Milch dazu, Kinder? Für die Mamma hätt' ich auch was!« stellte die Frau einen vollen Krug und eine Bierflasche vor sie hin.

»Bitte setzen Sie sich doch!«, bat Anna, »Ich danke Ihnen so sehr für alles!« Die Stüblerin schien gern Platz zu nehmen. Brigitte stand auf, holte Gläser, sie und Erika gossen sich Milch ein, und die Mutter seufzte vor Wohlbehagen auf, ehe sie sofort vom Bier trank.

»Sag' ma doch Du zueinander«, meinte die Stüblerin, »hier am Land tun das alle.« Die Mutter setzte ihr Glas ab, rülpste leicht und sagte dann: »Gern! Ich bin die Anna! Und du?«

»Ich bin und bleib die Stüblerin. Jeder sagt so zu mir, keiner nennt mich bei meinem Vornamen. Josefa sagt keiner zu mir.«

»Und Stübler heißt dann wohl dein Mann?«, fragte Anna.

»Der ist leider verstorben. Aber schon vorm Krieg, an der Tuberkulose. Da war der Stefan grad auf der Welt, er hat das Baby noch einmal sehen können. Dann haben wir's allein weiter schaffen müssen, der Bub und ich.«

Kurz brach am Tisch Schweigen aus.

»Mein Mann ist an der Front«, sagte Anna dann.

Wieder fiel eine Weile kein Wort. Die Stüblerin seufzte auf.

»Ja mei«, sagte sie dann, »das sind vielleicht Zeiten jetzt. Der grausliche Krieg, der kein End' nehmen will. Kriegst du wenigstens Post von ihm, Anna?«

»Schon, ja. Ein paar Briefe hab ich bekommen – aber jetzt muss ich die neue Adresse angeben – meinen Eltern – dass sie mir die Feldpost nachschicken können –«

»Ja, mach das! Jetzt weißt du ja, wo du bist.«
Da lächelte Anna.

»Ja, jetzt weiß ich ja, wo ich bin«, sagte sie und drückte die Hand der Stüblerin, »ich bin sehr froh, dass wir hier bei dir sein können!«

Brigitte sah die zwei Frauenhände auf dem Tisch einander berühren – die eine Hand abgearbeitet, rau, bäuerlich – und die trotz des Krieges, trotz der Strapazen immer noch fein und weiblich wirkende Hand der Mutter. Und dieses Bild gefiel ihr.

Wie das Leben in dieser ländlichen Umgebung sich weiterentwickelte, tat ihnen allen gut. Endlich nicht mehr die ständige Angst vor den Bomben. Ruhige Nächte, ein ruhiges Dorf, die in sich ruhende Landschaft – ja, Ruhe wurde ihnen geschenkt. Beruhigung.

Brigitte wurde bald eingeschult, Anna bestand darauf, sie auch hier zur Schule zu schicken. Das bedeutete zwar, an jedem Schultag einige Kilometer nach Mattighofen gehen zu müssen, hin und zurück. Brigitte wanderte jedoch in Gesellschaft einiger anderer Schüler recht gern auf der Landstraße dahin, von Feldern, Wiesen und Obstbäumen begleitet. An Regentagen erhielt sie einen Regenschirm, das ging auch.

Der Unterricht in der kleinstädtischen Schule gestaltete sich sehr einfach, man stellte keine großen Anforderungen, und Brigitte kam ohne Schwierigkeiten mit dem Unterrichtsstoff zurecht. Es gab nur wenige Hausübungen zu bewältigen, auch im Wissen der Lehrer um den weiten Schulweg einiger der Kinder, die aus entfernten Dörfern kamen.

Brigitte hatte genügend Freizeit, der Mutter immer wieder zur Seite zu stehen, indem sie sich um ihre Schwestern kümmerte, vor allem um die kleine Ingeborg. Das wurde notwendig, wenn Anna sich aufmachte, um für einige Stunden »hamstern« zu gehen. So nannte man das: »hamstern gehen«. Es bedeutete, bei den Bauernhöfen anzuklopfen und um Essbares zu bitten. Den Begriff »betteln« wollte man vermeiden, obwohl es in diese Richtung ging. Anna hatte anfangs mit

Scham und innerem Widerstand zu kämpfen. Dann aber ging sie dazu über, aus dem wenigen, das sie besaß, alles ihr nur Mögliche an Tauschware mit auf den Weg zu nehmen – ein Spitzentaschentuch – ein silbernes Armband – sogar von ihr selbst gefertigte Malereien, die sie auf Pappendeckel klebte und als Kunstwerke anpries. Etwas gegen Speck, Eier, Brot »einzutauschen« gab diesem notwendigen Herbeischaffen von Nahrungsmitteln mehr Würde. Und die hellen und begierigen Augen ihrer Kinder, wenn sie mit solchen Schätzen von ihrer Tour zurückkehrte, schienen sie für erlittene Scham und Mühe zu entschädigen, »Schaut, was ich heute dabeihabe«, rief sie meist gleich nach Betreten des Hauses, »so schönen, ganz frischen Käse! Sogar Apfelkuchen hat eine nette Bäuerin mir gegeben, drei Schnitten, schau, Erika, den magst du doch!«

Brigitte aber tat die Mutter leid, wenn sie so zurückkam, den Rucksack schleppend und blass vor Anstrengung, und wie sie sich dann auch noch bemühte, den Mädchen gute Laune vorzuspielen. Also half sie Anna, die Essereien auszupacken. Auch beteuerte sie, dass Ingeborg und Erika sehr brav gewesen seien. Später war sie es dann, die den Tisch deckte, um gemeinsam mit den anderen möglichst begeistert vom Käse oder vom Apfelkuchen zu essen – je nachdem, was Anna auf ihrer Hamstertour erobert hatte. Brigitte war bewusst, wie schwer es in dieser Zeit für die Mutter war, drei Kinder satt zu bekommen, und obwohl selbst erst zwölf Jahre alt, fühlte sie sich als älteste Tochter dafür mitverantwortlich. Und das blieb nicht unbemerkt. »Danke, meine Gitti«, murmelte die erschöpfte Anna oftmals, ehe sie ausruhen konnte und einschlief.

Der Herbst ging vorbei und es wurde Winter. Die Stüblerin half mit genügend Holz aus, damit der Herd in den oberen Räumen, der auch als Heizung fungierte, ständig genügend Wärme spendete, nie mussten sie frieren. Es war gemütlich, daheim zu sein, aus den Fenstern in die fallenden Schneeflocken zu schauen oder dem Winterwind zu lauschen.

Etwas anderes tat sich, wenn man hinausmusste. Da fehlte es für alle an wirklich guter Winterkleidung, an dicken Jacken oder Pullovern. Wenn Brigitte jetzt durch Schnee und Kälte zur Schule nach Mattighofen stapfte, zog Anna ihr vorher alles über, was an Blusen, Westen, Schals zu finden war, um es ihrem dünnen Mäntelchen hinzuzufügen, und so musste sie sich dann durchfroren die verschneite Landstraße entlangkämpfen. Oft kam Brigitte nach

Hause, wenn es bereits winterlich früh dämmerte, die Hände trotz der selbstgestrickten Fäustlinge eiskalt, die Füße in den viel zu dünnen Schuhen völlig klamm, ihr Gesicht von der Kälte so starr, dass sie anfangs kaum sprechen konnte. Deshalb ließ die Mutter sie an einigen Tagen, wenn ein allzu heftiger Sturmwind dichtes Schneetreiben über das Land peitschte, einfach nicht zur Schule gehen. »Heute bleibst du daheim«, sagte Anna dann, »Schule hin oder her, wir machen's uns heute lieber bei Bratäpfeln gemütlich!«

Und nicht nur Bratäpfel gewährten in diesen Zeiten einen besonderen Genuss. Brigitte und die Mutter wurden auch erfinderisch im Herstellen von selbstfabrizierten »Bonbons« – jedenfalls nannte man die rosa Ergebnisse so. Ein schlichtes Gemisch von Zucker, Sirup und Marmelade überließen Mutter und Tochter in kleinen Häufchen eine Weile dem Backblech – und was herauskam, war nichts anderes als ein Mund voll Süßem! Und da es von allem nichts gab, glich auch diese Illusion einem kleinen Wunder. Mit den aneinandergereihten rosafarbenen Zucker-Häufchen schien man eine Bonbonniere vor sich zu haben.

Nur in Abständen kamen Briefe des Vaters von der Kriegsfront, selten und immer verspätet. Brigitte sah der Mutter jedes Mal Tränen in die Augen steigen, wenn sie das dünne Kuvert öffnete und die Zeilen langsam in sich aufnahm. Meist tat sie es für sich allein, ehe sie den Brief ihren Kindern laut vorlas. Anna weinte nicht oft, aber Brigitte fühlte immer wieder die dunklen Wellen ihrer Melancholie. Auch wenn sie einfach nur still dasaß und in eine unerreichbare Weite oder Ferne zu blicken schien. Mit der Stüblerin jedoch hörte man sie auch herzlich auflachen, die beiden Frauen verstanden sich gut. Und es gab eine gräfliche Dame im Dorf, in deren Villa Anna ab und zu Tee trank, Gespräche über Kunst führte, oder sich aus deren reichhaltiger Bibliothek Bücher lieh.

Vom Kriegsgeschehen erfuhr man nur durch das Radio. Nicht der geringste Kriegslärm drang bis hierher ins stille Pfaffstätt, was vor allem der jüngeren Schwester Erika wohlzutun schien. Brigitte sah, wie dieses von den Wiener Bombardierungen so verängstigte Kind sich hier erholte, mit dem Stüblerbuben Stefan herumtollte, Sauerampfer aus den Wiesen pflückte und mit Begeisterung aß – wie es gesundete. Und auch die kleine Ingeborg gedieh, das Landleben schien ihr wohlzutun. Irgendwann konnte sie krabbeln, dann stehen und schließlich aufrecht gehen. Brigitte gab sich gern mit dieser kleinen Schwester ab, wenn die Mutter unterwegs war oder ausruhte.

Es gab nur einen bescheidenen weihnachtlichen Aufwand, als dieses Fest heranrückte. Anna besorgte mit Hilfe der Stüblerin ein kleines Tannenbäumchen, behängte es mit selbstgefertigtem Zuckerwerk, Winteräpfeln und Sternen aus Buntpapier. Auch Kerzen konnte sie auftreiben. Außerdem wurden ein Mohnstrudel und Kekse gebacken, und es gab sogar Schnitzel mit Kartoffelsalat als Festtagsessen.

Geschenke gab es kaum welche, nur ein Papierladen in Mattighofen hatte aus alten Beständen Erschwingliches geboten. Also saß Anna so manche Nacht über Papier und Buntstiften, und sie, die ehemalige Kunststudentin, schrieb und zeichnete für ihre Kinder Bücher! Bei Brigitte ging es darin um eine Abenteuergeschichte, bei Erika um ein Märchen! Beide Mädchen waren hell erfreut. Die Kerzen brannten, das Essen duftete, und sie sangen sogar sie gemeinsam »Stille Nacht, heilige Nacht«. Es klang ein wenig kläglich, und Brigitte sah die Augen der Mutter feucht werden. Aber sie schien sich Rührung zu verbieten, des Vaters wurde nur kurz gedacht und lieber bald das Essen aufgetischt. Beim Schmausen der selten zu genießenden Schnitzel erhob sich gute Laune, und Ingeborg, vom Babybrei gesättigt, schlummerte daneben in ihrer Wiege.

Überhaupt wurde es ein gemütliches Weihnachten. Auch die Stüblerin und Stefan gesellten sich später hinzu, sie sogar mit einer Flasche Wein, von ihr für einen besonderen Anlass seit langem aufbewahrt und an diesem Abend gemeinsam mit Anna zur Gänze schnell leergetrunken. Die Frauen, leicht beschwipst, lachten viel, die Kinder spielten Schwarzer Peter und alle waren fröhlich gestimmt.

Als der Winter dem anfangs zaghaften und mehr und mehr alles und alle überwältigenden Hervorbrechen des Frühlings wich, begann Brigitte ihre Wanderungen zur Schule in Mattighofen zu lieben. Vor allem, wenn Himmelsblau und Sonne siegten. Alles schien heller zu werden, auch die Mutter. Annas Melancholien, ihr angstvolles Erwarten der Briefe von der Front, die Hamster-Pfade zu den Bauernhöfen – sie schien eine Weile lang unter alledem weniger zu leiden. Brigitte musste sich also auch weniger darum bemühen, der Mutter zur Seite zu stehen, sie konnte den Schulweg und die Schulstunden unbesorgter mit den anderen teilen, sich sogar mit zwei Mädchen anfreunden.

Bis der April sich neigte.

Da wurden die Kriegsmeldungen so brisant, dass jeder, wenn er konnte, vor seinem Volksempfänger saß und sie atemlos verfolgte. Etwas Einschneidendes schien sich anzukündigen.

Genau an einen 8. Mai, als Anna gerade dabei war für die Kinder ein Mittagessen vorzubereiten, schrie ihr die Stüblerin von unten her zu: »Der Krieg ist aus!«

»Waaas?«, schrie Anna zurück.

»Ja! Stellt euch vor! Der Krieg ist aus!«

Die Dorfbewohner versammelten sich vor ihren Häusern, auf dem Dorfplatz, und der Pfarrer ließ sogar Kirchenglocken läuten. Die Nachricht, dass das gesamte deutsche Heer kapituliert hätte, dass General Eisenhower, Befehlshaber der alliierten Truppen, dies verkündete, war auch ins Dörfchen Pfaffstätt gedrungen, man bestaunte und bejubelte diese so sehr ersehnte Wendung. Anna und die Stüblerin lagen sich in den Armen, beide konnten Tränen nicht verhindern.

Jedoch nur kurz hielt diese euphorische Stimmung an. Sehr bald ging es um die Frage, wer von den Kriegsgegnern als Siegermacht Oberösterreich besetzen würde. Es kursierten Gräuelgeschichten über das Vorgehen der russischen Soldaten, sie würden Frauen vergewaltigen und Besitztümer verwüsten.

Brigitte musste eines Tages bestürzt miterleben, dass ihre Mutter die kleine Ingeborg in den Kinderwagen packte, dazu Esswaren und Kleidungsstücke, Erika an der Hand nahm, »Komm, Brigitte!« rief und, mit der anderen Hand den Wagen schiebend, auf unwegsamen Pfaden in die Wälder zu eilen versuchte.

»Aber Mutti!«, rief Brigitte ihr hinterher. »Wo willst du denn hin?«

»Hierher kommen die Russen, heißt es! Wir verstecken uns lieber! Komm jetzt!«

»Mutti, bitte«, Brigitte eilte verzweifelt hinterher, »in der Schule haben sie gesagt, dass eh die Amerikaner das Gebiet hier besetzen werden und dass auch nicht alle Russen solche Monster sind, dass da übertrieben wird! Bitte Mutti! Was sollen wir denn im Wald anfangen!«

Auch die Stüblerin hatte Annas hektischen Aufbruch und Brigittes Wehklagen mitbekommen, sie folgte jetzt ebenfalls der Frau, die den Kinderwagen eilig über Stock und Stein dahinschob und die weinende Erika mit sich zerrte.

»Anna!«, rief die Stüblerin. »Lass dich doch nicht verrückt machen und kehr wieder um!«

»Was weißt du denn!«, schrie Anna jetzt. »Mein Mann war doch ein Nazi! Sie werden alle Nazis umbringen!«

»Aber geh!«, schrie die Stüblerin zurück. »Waren doch alle Nazis, man wird doch jetzt nicht die ganze Bevölkerung umbringen!«

»Aber er war Adjutant beim Gouverneur in Polen!« Die Sätze laut vor sich hinschreiend rannte Anna weiter. »Und was die dort mit den Juden gemacht haben, das wird man jetzt uns antun! Allen Frauen und Kindern! Also uns! Sie haben ja alle Judenfamilien vergast! Oder anders ermordet! Ich hab das in Lemberg alles mitbekommen! Deshalb ist der Josef ja auch an die Front! Weg von diesem grauenvollen Gemetzel – er hat's nicht mehr ausgehalten!«

»Na eben!« Die Stüblerin war jetzt mit Brigitte an Annas Seite gelangt, und beide fassten so entschieden nach ihr, dass sie stehen bleiben musste. Ingeborg schrie herzzerreißend, Erika tat ihre von der Mutter zu fest umklammerte Hand weh und sie weinte. Brigitte sah das tränenüberströmte, angstverzerrte Gesicht ihrer Mutter, hörte sie keuchen und fühlte sich diesem Aufruhr hilflos ausgeliefert.

Sie war der Stüblerin unsäglich dankbar, als der weitersprach, sachlich und unaufgeregt, und mit ihrer ruhigen Stimme allmählich auch Annas Panik zu beruhigen schien.

»Schau«, sagte sie, »wenn dein Mann eh an der Front ist – weit weg von diesen Obernazis –, dann ist er ja ein einfacher Soldat geworden. Und keiner weiß was von dir und deinen Kindern und will euch gleich alle umbringen. Lass uns jetzt in Ruhe umkehren. Dir wird hier in Pfaffstätt nix passieren, und sicher auch später nicht. Sind wir doch froh, dass dieser Krieg vorbei ist. Und vielleicht haben wir wirklich Glück und die Amerikaner kommen. Aber auch wenn's die Russen sind, das schaffen wir schon. Komm jetzt, Anna. Zu Haus' legst dich hin und ruhst dich aus.«

»Ja, ruh dich aus, Mutti, ich füttere später die Ingeborg!«, fügte Brigitte gleich erleichtert hinzu. »Und die Erika kann mit dem Stefan unten im Haus spielen, damit du Ruhe hast, nicht wahr, Erika?«

Die Kleine nickte, sie hatte aufgehört zu weinen. Auch Ingeborg brüllte nicht mehr. Anna wischte sich die Tränen von den Wangen und atmete ruhiger.

»Ich hab so eine Angst«, sagte sie.

»Versteh' ich ja«, antwortete die Stüblerin, »aber komm jetzt, wir gehen heim.«

Die beiden Frauen drehten den Kinderwagen auf dem Waldpfad vorsichtig in die andere Richtung, und ihn achtsam schiebend, wurde von ihnen der Rückweg angetreten. Brigitte, die kleine Erika an der Hand, folgte langsam. Sie fühlte sich seltsam matt, wohl von der überstürzten, panischen Flucht der Mutter und ihrer eigenen anfänglichen Hilflosigkeit ebenfalls hergenommen.

»Ist die Mutti jetzt wieder lieb?«, fragte Erika, die brav neben ihr dahintrottete.

»Die Mutti war ja nicht bös«, erklärte Brigitte, »sie war nur sehr aufgeregt, weil jetzt der Krieg vorbei ist.«

»Aber das ist doch gut«, meinte Erika, »wenn der Krieg vorbei ist, fallen doch keine Bomben mehr – das ist doch so? Oder?«

Sie blieben stehen. Brigitte sah auf ihre kleine Schwester hinunter, die fragend und mit aufkeimender Furcht zu ihr hochblickte.

»Nein, Erika, jetzt fallen keine Bomben mehr! Ganz sicher!«, sagte sie dann.

Die Mutter ruhte aus, alles beruhigte sich, die Tage gewannen wieder Gleichmaß. Es kam nicht mehr zu Annas Fluchtversuchen, sie war jetzt bereit, mit Fassung zu erwarten, was das Kriegsende ihnen allen bescheren würde.

Und es bescherte Pfaffstätt und Umgebung sehr bald ein Aufatmen. Dieser Teil Oberösterreichs würde von amerikanischem Militär besetzt werden, hieß es. Die Amerikaner also!

Bald danach war es so weit. Panzer und Militärautos, aus denen uniformierte Soldaten mit meist freundlichen Gesichtern herauswinkten, durchquerten das Dorf. Öffentliche Gebäude oder große

Besitztümer wurden zu Militärquartieren. Nahe Pfaffstätt gab es ein großes Schloss, welches die Besitzer zum Teil der Besatzung zur Verfügung stellen mussten.

Und diese Soldaten, denen anzusehen war, wie sie das Ende des Krieges ebenfalls begrüßten, scharten die Kinder des Dorfes um sich und verteilten bereitwillig Süßigkeiten an sie. Vor allem aber war es der bisher allen unbekannt gewesene Kaugummi, der zur Sensation wurde! In Trauben umstanden Mädchen und Buben die Soldaten und streckten ihre Hände begierig aus, um ja diesen einzuheimsen. Einen Kau-gummi! Ein schmales Etwas, das man in den Mund schob, das frisch schmeckte und worauf man endlos herumkauen konnte!

Anna mochte dieses sehnsüchtige Heischen der Kinder nicht, sie versuchte es ihren Mädchen zu verbieten. Brigitte war auch sofort auf vernünftige Weise bereit, sich nicht mehr bei den Soldaten um so einen Kaugummi anzustellen. Aber die kleine Erika sah es weniger ein.

»Ich muss ja gar nicht betteln, Mutti«, sagte sie, »wenn ich nur dastehe, bekomme ich eh auch einen Kaugummi!«

»Aber nur so dastehen ist auch betteln!«, erwiderte Anna streng. »Ich möchte einfach nicht, dass wir uns vor den Siegern demütigen«, fügte sie dann leiser hinzu.

»Das sehen doch die Kinder nicht so wie du«, begütigte Brigitte ihre Mutter, »ich pass schon auf, dass Erika nicht bettelt. Aber wenn alle Kaugummis kriegen, will sie halt auch einen!«

Weniger gefiel den Bauern das Verhalten der siegreichen Amerikaner im Umgang mit ihrem Eigentum. Die jungen amerikanischen Soldaten holten, ohne viel zu fragen, die schweren Ackergäule aus den Stallungen und galoppierten mit ihnen querfeldein. Sie gebärdeten sich lustvoll wie die Cowboys in ihren heimischen Prärien und zertrampelten so manche aufkeimende Saat. Die Bauersleute mussten das schweigend dulden, sie standen untätig vor ihren Häusern und hielten mühsam an sich.

Aber auch unten am Bach ging es manchmal wild johlend zu. Die Soldaten zielten vom Ufer her auf Forellen, sie versuchten diese mit Pistolenschüssen zu töten, was ab und zu sogar gelang. Anna wollte ihre überaus tierliebende kleine Tochter Erika daran hindern, dieses Gemetzel an den Fischen zu beobachten.

»Wo geschossen wird, geh bitte nicht hin!«, befahl sie.

Und sie sah dann, wie Erikas kleines Gesicht blass wurde.

»Schießen die Soldaten auf uns?«, fragte sie.

»Aber nein! Auf uns schießt niemand mehr!«

»Worauf sonst schießen sie?«

»Ach, nur so durch die Luft – aus Spaß!«

»Aus Spaß?«, fragte Erika leise und ungläubig.

Anna konnte erkennen, wie sehr der Krieg diesem Kind zugesetzt hatte. »Die Soldaten schießen ja nicht mehr wirklich«, sagte sie, »eben nur noch aus Freude, weil der Krieg vorbei ist.«

Etwas Besseres fiel ihr nicht ein.

Als Brigitte zwischen den Soldaten auch welche mit dunklen Gesichtern sah, war ihr wie schwebend plötzlich so zu Mute, als hätte sie Menschen mit solch anderer Hautfarbe in ihrem Leben schon irgendeinmal wahrgenommen. Zögernd erwähnte sie eines Tages diesen seltsamen Eindruck, als sie neben ihrer Mutter stand und sie beide auf Erika und deren Verhalten aufpassten. Die Dorfkinder umdrängten wieder einmal spendenfreudige Soldaten.

»Ach du meinst die mit der dunklen Haut?«, antwortete Anna und wirkte überrascht. »Dass du das noch weißt! Stimmt schon! Klar hast du in deinem Leben schon solche Menschen erlebt! In Brasilien gab es ja viele davon, sie wohnten in den Favelas gleich oberhalb unseres Hauses, tiefer im Dschungel. Aber ich finde es erstaunlich, dass du dich daran erinnern kannst! Warst doch noch so klein!«

»Erinnern kann ich mich eigentlich nicht«, meinte Brigitte, »ich habe nur so ein Gefühl gehabt, dass ich das irgendwie schon kenne.«

Einer aus der Gruppe der Soldaten, dunkelhäutig, drückte jetzt gerade Erika, die abwartend vor ihm stand, etwas in die Hand. Anna wollte eingreifen, aber Brigitte hielt sie am Arm zurück.

»Lass doch, Mutti«, sagte sie, »Erika hat ja nicht gebettelt.«

»Trotzdem, sie soll –«

»– und schau! Sie fürchtet sich gar nicht vor diesem großen schwarzen Menschen! Freut sich nur über ihren Kaugummi!«

»Hast ja Recht«, murmelte Anna, »sie hat sich weiß Gott genug gefürchtet. Vor den Bomben. Vor diesem elenden Krieg. Soll sie ihre Freude haben.«

Inmitten der Kinderschar steckte Erika die Kostbarkeit, die sie vom Soldaten erhalten und schnell von der Papierhülle befreit hatte, gleich in den Mund. Dann aber schaute sie denn doch schuldbewusst zur Mutter und zur Schwester hin. Als sie jedoch deren liebevoll zustimmende

Blicke auf sich ruhen sah, begann sie frohgemut zu kauen.

»Dass man sowas gernhat«, sagte Anna, »auf einem Stück Gummi herumzukauen!«

»Das ist Amerika, Mutti«, antwortete Brigitte.

Vom Vater erfuhr man lange Zeit nichts, weder erhielt man einen Brief von ihm noch irgendeine andere Nachricht. Die Mutter sorgte sich, sie lag nächtelang schlaflos, und Brigitte blieb das nicht verborgen.

Wer indes schrieb, waren Annas Eltern. Sie fanden, dass es jetzt, nach Kriegsende, an der Zeit sei, doch nach Wien zurückzukehren. Zwar könnten sie ja nicht mehr in die Döblinger Wohnung, aber eine von Annas Schwestern, die Tante Minnie, hätte doch diese riesengroße Wohnung in der Gymnasiumstraße, und bei ihr gäbe es zwei freistehende Kabinette, dorthin zu ziehen wäre doch vorläufig etwas! Die Möbel und den Hausrat hätten die Großeltern ohnehin schon dorthin geschafft.

»Warum können wir denn nicht mehr zum Trautenauplatz zurück?«, fragte Brigitte ihre Mutter. »Unsere Wohnung ist ja von der Bombe nicht zerstört worden?«

Anna seufzte auf und schwieg vorerst.

»Das hat andere Gründe«, sagte sie dann, »der Vati hat ja vor dem Krieg etwas – etwas unterstützt – das will man jetzt nicht mehr –«

»Du meinst die Sache mit den Juden?«

»Gitti, weißt du – alles war früher eben anders! Und wegen allem, was sich jetzt verändern muss, hat man uns die Wohnung weggenommen.«

»Weil der Vati ein Nazi war«, fügte Brigitte ruhig hinzu.

Anna sah ihre Tochter an.

»Ja«, sagte sie dann.

Endlich kam eine Nachricht: Der Vater hatte überlebt und befand sich in englischer Gefangenschaft.

»Gott sei Dank is' er bei die Engländer!« rief die Stüblerin sofort. »Sei froh, Anna, dass er net in a russisches Lager kommen is'!«

Und Anna war froh. Sehr froh. Sie wusste also ihren Mann am Leben und vielleicht sogar in Sicherheit.

Das führte dazu, dass auch sie plötzlich mit aller Macht nach Wien zurückkehren wollte. Und zwar so rasch wie möglich. Und sei es auch in die winzigen Zimmerchen bei Schwester Minnie, ihr war egal, wo sie landen würden, sie wollte heim in die Großstadt. Denn das Dörfchen Pfaffstätten – Tag für Tag eintöniges Landleben, nur von der Suche nach Essbarem und dem Beobachten der Soldaten unterbrochen – ja sogar die nette Stüblerin – all das hielt sie nicht mehr. Schließlich war der Krieg doch vorbei!

Aber in keiner Weise vorbei waren seine Folgeerscheinungen.

Die vier Siegermächte hatten Österreich in Zonen aufgeteilt, aber man kannte sich noch nicht aus, wusste nicht, wo genau deren Grenzen seien und wie sich zurechtzufinden.

Das Verkehrsnetz war völlig aus dem Ruder geraten, es gab keinerlei funktionierende Zugverbindungen mehr.

Anna bemühte sich umsonst, eine Eisenbahnfahrt nach Wien in gewohnter Weise zu organisieren, Fahrpläne und verlässliche Abfahrts- und Ankunftszeiten schienen nicht mehr zu existieren.

Das Einzige, was sich bei ihren immer verzweifelter werdenden Bemühungen letztlich herauskristallisierte, war die halbherzige Genehmigung, einen der seltenen Transport-Züge zu benützen. Also in einer langen Reihe von beladenen Güterwagen, die von einer Lokomotive Richtung Wien geschleppt würden, in einem der nicht gänzlich voll beladenen Waggons für sich und ihre Kinder Plätze zu ergattern.

Nur eine ungefähre Abfahrtszeit in Mattighofen wurde Anna genannt, verbunden mit dem Hinweis, sie sollten aber einige Stunden früher am Bahnhof sein, denn keiner wisse genau, wann dieser Güterzug losführe. Irgendeinen Hinweis, wie lange die Fahrt nach Wien dauern würde, gab es nicht. Es sei völlig ausgeschlossen, im derzeitigen Durcheinander Fahrzeiten zu bestimmen, »Da müssen S' schon aushalten, wia alles kommt, gnä' Frau!«, sagte der Bahnbedienstete.

Aber in Anna hatte sich eine unstillbare Ungeduld ausgebreitet, sie hielt plötzlich dieses abwartend stille dörfliche Leben nicht mehr aus, sie wollte nach Wien. »Wir fahren ganz einfach los – ja, Gitti?«, bemühte sie sich um die Zustimmung ihrer großen Tochter. »Sowieso müssen wir deine und Erikas Schule in Wien neu organisieren – und nach Vatis Rückkehr eine neue Wohnung – all das – je länger wir hier in Pfaffstätt bleiben, umso länger wird sich's zu Hause hinziehen. Ja? Hilfst du mir?«

Und Brigitte nickte.

Sie nickte, obwohl sie gern noch geblieben wäre. Sie hatte Freundinnen gefunden. Die Schule war für sie leicht zu bewältigen, man schien alles nicht so ernst zu nehmen und forderte wenig. Sie mochte das gemütliche Haus der Stüblerin neben der Friedhofsmauer, liebte die Nähe ihrer jüngeren Schwestern, beobachtete gern Erikas Spiele und Ingeborgs Heranwachsen, und sie fühlte sich hier am Land, fern der Stadt, letztlich heimisch und geborgen. Aber gleichzeitig spürte sie die Ungeduld und Unrast der Mutter. Nachts war deren unterdrücktes Seufzen zu hören, Annas Schlaflosigkeit schien auch nach der erlösenden Nachricht vom Überleben des Vaters nicht geschwunden zu sein. Brigitte fühlte, wie dieses Vibrieren, diese Unruhe auf sie übersprang. Deshalb nickte sie und sagte: »Klar, Mutti.«

Anna blieb also unermüdlich. Sie fragte immer wieder am Bahnhof in Mattighofen nach, ob und wann ein Güterzug Richtung Wien losfahren würde, erntete jedoch meist Achselzucken oder Kopfschütteln. Bis eines Tages der Eisenbahner ihr zurief: »Kommen S' morgen!«

»Morgen? Wirklich?«, fragte Anna.

»Ja – aber kommen S' schon am Abend!«, lautete der Hinweis des Mannes. »Weil irgendwann in der Nacht fahrt angeblich so ein Transportzug bei uns ein, der soll aber nur kurz Halt machen, da müssen S' ganz rasch in einen von die Waggons rein!«

»Danke«, sagte Anna, »wir sind einfach früh am Abend da, ja?«

»Wann Sie's nicht lassen können«, brummte der Mann noch, »aber ein Vergnügen wird des sicher net.«

»Macht nichts, Hauptsache nach Wien!«, rief Anna davoneilend.

In Pfaffstätt zurück versetzte sie das Haus der Stüblerin in Aufruhr. »Kinder, wir fahren!«, rief sie gleich an der Eingangstür, eilte in die Wohnung hinauf und begann sofort zu packen. Alle folgten ihr sprachlos, aber Anna sprühte vor Tatendrang. »Gitti! Komm hilf mir! Kannst du Ingeborg füttern? Erika, bitte jetzt keine Spiele mehr, morgen musst du ausgeruht sein, heute heißt es früh schlafen!« Die verwirrten Kinder und Frau Stübler wussten nicht, wie ihnen geschah. »Wirklich schon morgen?«, fragte Brigitte. »Ja, gegen Abend, wir müssen einen Güterzug abpassen, es gibt keine genauen Fahrzeiten, aber der Zug ist einer bis nach Wien!«

»Willst wirklich so ein Abenteuer riskieren?«, fragte die Stüblerin. »Mit den drei Kindern tät ich mir das an deiner Stelle lieber noch einmal überlegen!«

»Ich hab mir alles schon viel zu lang überlegt«, antwortete Anna und stopfte weiterhin Kleidung in einen der zwei Koffer, »jetzt will ich einfach nach Wien, nicht bös sein!«

»Ich bin nicht bös, Anna. Ich hoffe halt nur, dass dir und deinen Kindern nichts geschieht.«

»Was soll uns denn schon geschehen, nach diesem Krieg! Nachdem wir den überlebt haben! Eine langwierige Fahrt – na und? Ich danke dir wirklich für alles – aber morgen möchte ich den Zug nach Wien erwischen! Unbedingt!«

Die Stüblerin schaute Anna mit einem langen Blick an. Dann sagte sie: »Bist schon ein stures Weibsbild!«, und die Frauen umarmten einander.

Brigitte stand daneben und fand eigentlich auch, dass ihre Mutter allzu wagemutig war. Sie selbst fürchtete sich vor dieser plötzlichen Reise nach Wien.

Und sollte mit dieser Furcht Recht behalten.

Anna hatte mit Nervosität den Abschied vom Haus der Stüblerin angetrieben. Mit deren Hilfe hatte man einige Male umgepackt, bis wieder die zwei Koffer und alles, was die kleine Ingeborg benötigte, aus der Stockwohnung heruntergeschleppt werden konnte. Die Mutter warf nur einen kurzen Blick zurück, aber Brigitte tat es weh, diese Räume, die lange Zeit ihr Zuhause gewesen waren, so überstürzt verlassen zu müssen. Sie stand noch kurz regungslos da und ließ ihren Blick schweifen, ehe sie die Treppen abwärtsstieg. Unten reichte gerade Erika ihrem liebgewonnenen Stefan die Hand, und auch die Traurigkeit dieser beiden Spielgefährten war unübersehbar. Die Stüblerin weinte, als sie alle der Reihe nach umarmte. Einzig die kleine Ingeborg, an der Hand ihrer Mutter, schaute mit fröhlichen und ahnungslosen Kinderaugen in dieses allgemeine Abschiednehmen.

Anna und ihre Töchter kletterten schließlich mit viel »Wir sehen uns wieder! Kommt gut an! Schreib mir bitte bald!« in ein angemietetes Pferdefuhrwerk. Die Stüblerin und Stefan winkten ihnen hinterher, als sie losfuhren. Brigitte winkte zurück, bis sie um die Friedhofsmauer bogen und das Haus nicht mehr zu sehen war.

So verließen sie Pfaffstätt.

In Mattighofen folgten endlose Stunden des Ausharrens im kleinen Warteraum des Bahnhofes, für Anna ein Balanceakt des Aufrechterhaltens von Geduld. Ingeborg weinte ab und zu, musste gefüttert und wieder in den Schlaf gewiegt werden. Erika lief gern unbeobachtet draußen am Bahnsteig herum und ließ sich nur ungern wieder hereinholen. Brigitte hingegen war Annas Stütze, sie half ihr bei allem, so gut sie konnte. Auch sie fütterte und wiegte die Kleine oder holte die Ausreißerin herein. »Gitti, was tät ich ohne dich«, flüsterte die ermattete Mutter wiederholt.

Es dunkelte bereits, als sie endlich das ferne Stampfen eines sich nähernden Zuges vernahmen. Es war kein Personenzug. Eine endlose Reihe von Güterwagen folgte der pfauchenden Lokomotive, als diese einfuhr und wirklich Halt machte. Bahnbedienstete erschienen, Waggons wurden geöffnet, es kam zum hektischen Aus-und-Einladen diverser Säcke, Pakete und Gegenstände. Aber der eine Bahnwärter, mit dem Anna sich besprochen hatte, tauchte jetzt eilig auf und lotste sie und die Kinder, selbst hilfreich beide Koffer schleppend, durch das Wirrwarr. »Da, dieser Viehwaggon! Der bleibt leer! Der geht für euch!«, keuchte er schließlich. Dann half er ihnen noch, die Ladefläche mühsam zu erklimmen, und schob das Gepäck hinterher. »Die Schiebetür geht schwer auf und zu, da müssts euch anstrengen!« waren seine letzten Worte, ehe er den Waggon mit einem lauten Knall schloss und die Familie im Dunkel zurückließ.

»Ein Viehwaggon –«, murmelte Anna beklommen.

Auf den Holzplanken, die noch die Reste von Heu und Kuhmist bedeckten, hockten sie zwischen ihren Koffern und Taschen, Ingeborg weinte laut. Es gab nur ein kleines vergittertes Fenster, durch welches etwas Licht hereindrang, an das sich die Augen langsam gewöhnten. Anna rappelte sich schließlich hoch, kramte eine der Taschenlampen hervor, die sie vorsorglich im Gepäck hatte. Vorerst versuchte sie für die kleine Ingeborg in einem der geöffneten Kofferdeckel ein halbwegs sauberes

Schlafplätzchen zu improvisieren. Dann bemühte sie sich, den Boden des Waggons ein wenig sauberer zu bekommen, indem sie mit einem ihrer Kopftücher Mist und Heu in eine Ecke des Waggons schob. Danach häufte sie auf der vom ärgsten Dreck befreiten Fläche jegliches an vorhandenen Decken, Tüchern und Kleidungsstücken übereinander, um so für alle ein halbwegs brauchbares Schlaflager zu erschaffen.

Auf diesem lag sie dann auch übergangslos und wie ohnmächtig hingestreckt, dicht an ihre Kinder geschmiegt. Erschöpft schlummerten sie alle ein.

Als der Zug irgendwann losfuhr, riss dieser plötzliche Ruck Anna und Brigitte hoch. Sie blickten nach den beiden Kleinen und nickten einander dann erleichtert zu, da diese nicht aufgewacht waren. »Jetzt aber geht's auf nach Wien, Gitti«, flüsterte Anna, ehe der Rhythmus des Dahinratterns auch sie wieder in den Schlaf fallen ließ.

Brigitte blieb noch eine Weile schlaflos. Sie spürte unter sich das Scharren der Räder auf den Geleisen, nur ein einfacher Bretterboden trennte sie davon. Nicht umsonst hieß ja, worin sie sich befanden »Viehwaggon«. Das Vieh, Tiere also befördert man so, dachte Brigitte. Mit ihren früheren Eisenbahnreisen hatte diese Fahrt nichts zu tun, sie fühlte sich selbst ein wenig wie ein furchtsames Tier.

Dass man Menschen zu Millionen mit solchen Viehwaggons in den Tod transportiert hatte, konnte Brigitte damals noch nicht wissen.

Irgendwann heftiges Bremsen, das Zischen der Lokomotive, dicht unter ihnen ein grelles Schleifen der Räder.

Der Zug hielt an.

»Was denn – jetzt schon?«, murmelte Anna.

Sie griff nach der Taschenlampe, rappelte sich verschlafen hoch und spähte durch das kleine Fenster ins Freie. Dunkelheit herrschte draußen, nur die Umrisse von flachen Gebäuden waren zu sehen, alles unbeleuchtet. Mit Anstrengung gelang es ihr, die Schiebetür einen Spalt zu öffnen. Aber keine Menschenseele war zu erblicken, niemand, den sie hätte fragen können, warum hier angehalten wurde.

»Sicher fahren wir gleich weiter«, versuchte Anna die aus dem Schlaf hochgeschreckten Kinder zu beruhigen. Brigitte besänftigte die weinende Ingeborg und deckte Erika fester zu, selbst blieb sie aufrecht sitzen. Auch die Mutter nahm wieder neben ihr Platz, beide lauschten sie dem anhaltenden Pfauchen der Lokomotive und warteten auf die Weiterfahrt.

Jedoch nichts geschah.

Mehr als eine Stunde verging und nichts geschah.

Anna überlegte. Wenn die Fahrt in diesem Tempo weitergehen würde, immer wieder so ein Aufenthalt, womit sollte sie den Hunger ihrer Kinder stillen? Sie alle hatten in der langen und langweiligen Wartezeit auf diesen Zug den mitgenommenen Reiseproviant beinahe gänzlich verzehrt, das Losfahren war Anna dann als baldiges Heimkommen nach Wien erschienen, nicht nötig, weitere Essensvorräte zu besorgen, hatte sie leichtfertig entschieden.

Jetzt aber stieg Angst in ihr hoch.

Sie stand auf und spähte nochmals durch das Gitterfensterchen ins Freie. Da sah sie in einem der Gebäude Licht. Zwei Fenster waren schwach erleuchtet.

»Du, Gitti!«, weckte sie ihre Große auf, die auch wieder eingeschlummert war. »Ich geh nur ganz kurz hinaus – komme aber gleich wieder!«

»Ich müsste auch hinaus«, antwortete Brigitte zaghaft.

»Ach so.« Anna überlegte. »Komm, wir erledigen das rasch!«

Sie öffnete mit aller Kraft die Schiebetür, ließ sich ins Freie gleiten, half Brigitte, ihr zu folgen, und beide erledigten sie ohne viele Umstände ihre Notdurft. Dann kletterte Brigitte wieder in den Waggon.

»Was ist, Mutti?«, fragte sie, als diese ihr nicht folgte.

»Ich muss uns unbedingt etwas zu essen besorgen«, flüsterte Anna zu ihr hoch, »nimm die zweite Taschenlampe, ich hab ja eine bei mir – schau du auf die Kleinen – wenn Erika auch hinausmuss, hilf ihr – gleich bin ich wieder da –«

Brigitte erschrak.

»Aber wenn der Zug weiterfährt?«

»Es ist jetzt ganz still – die Lokomotive würde ja Lärm machen – also! Pass gut auf – ich beeile mich –«

Die Mutter verschwand im Dunkeln. Brigitte setzte sich mit angezogenen Beinen wieder dicht zu ihren Schwestern hin, die glücklicherweise beide schliefen. Sie legte die Arme um ihre Knie und merkte, dass die vor Angst zitterten. Was würde geschehen, wenn jetzt der Zug wirklich weiterführe – sie ganz alleine mit den Schwestern bliebe – was würde sie machen?

»Wo ist die Mutti?«, fragte da plötzlich Erika neben ihr.

»Sie kommt gleich wieder, schlafe ruhig weiter«, flüsterte Brigitte, »lass uns leise sein, damit Ingeborg nicht aufwacht.«

»Aber wieso ist sie weg?« Erika hatte sich aufgerichtet.

»Hab keine Angst«, sagte Brigitte, »sie weiß schon, was sie tut.«

»Der Zug könnte doch ohne Mutti losfahren«, ließ Erika sich nicht beruhigen, »was machen wir dann?«

Jetzt fiel Brigitte auch kein tröstendes Wort mehr ein, sie umschlang Erika, die zu weinen begann, und kämpfte selbst mit den Tränen. Es war kalt in dem Waggon, durch die offene Tür wehte Nachtluft herein, Dunkel herrschte.

Und zu allem Überfluss wachte jetzt auch noch Ingeborg auf.

Sie hatte wohl nasse Windeln und Hunger, begann laut zu jammern und sich auf ihrem provisorischen Schlaflager herumzuwälzen. Brigitte geriet in Verzweiflung, es gelang ihr kaum noch, Ruhe zu bewahren, am liebsten hätte sie laut geschrien. Aber sie bezwang sich. Sie wusste, dass es jetzt an ihr lag, den Schwestern ein wenig Halt zu vermitteln.

»Komm, Ingeborg, sei brav – wir machen das schon«, sagte sie begütigend, während sie im Gepäck nach frischen Windeln suchte, »Erika, sei lieb und halte du die Taschenlampe – ich werde Ingeborg frisch wickeln – und die Mutti ist sicher gleich da – so – gleich haben wir's – – –«

Und wirklich gelang ihr, die kleine Ingeborg mit trockenen Windeln und sanftem Plaudern von ihrem Geschrei abzubringen, während Erika mit der Taschenlampe fürsorglich Licht über sie beide breitete und, von dieser Aufgabe abgelenkt, ebenfalls nicht mehr weinte.

Als plötzlich überraschend ein schwerer Papiersack in den Waggon geschoben wurde und die Mutter ihm aus der Dunkelheit hinterherkroch, jubelten die Kinder erleichtert auf.

»So, da bin ich ja wieder!«, rief Anna, umarmte Brigitte und Erika, hob Ingeborg hoch und drückte sie an ihr Herz. Dann ließ sie sich zurücksinken, lehnte erschöpft und außer Atem an der Waggonwand. Trotzdem lächelte sie die Kinder an.

»Wie brav ihr wart – vielen Dank, Gitti«, konnte sie schließlich, ruhiger geworden, zu ihnen sagen, »hab euch aber auch was zu essen mitgebracht – war gar nicht leicht, etwas aufzutreiben – ein Mann in diesem Stationshäuschen hat mich ins Dorf geschickt – winzig, nur ein paar Häuser – alles war dunkel, haben wohl schon alle geschlafen – bei einem größeren Bauernhof hab ich Glück gehabt – Brot und Käse – da war eine sehr nette Frau, ich glaub, es war die Magd, nicht die Bäuerin – jedenfalls – wir werden dann essen – ja? – Ich muss nur vorher kurz ausruhen –«

Anna lehnte ihren Kopf zurück und schloss die Augen.

»Ja, Mutti, ruh dich aus«, sagte Brigitte.

Sie war von Herzen froh, dass die Mutter wieder rechtzeitig zu ihnen in diesen Waggon zurückgekommen war, nachträglich wurde ihr die geballte Wucht ihrer Verantwortung und Angst erst richtig bewusst. Fast war ihr übel, aber vielleicht auch vor Hunger.

Vor ihr lag dieser große vollgefüllte Papiersack, es war wohl einer, in dem Bauern Saatgut aufbewahren, er war außen mit Schriftzeichen bedruckt. Brigitte zog ihn zu sich her – er war schwer – und öffnete ihn. Er enthielt einen Brotlaib und einige in Zeitungspapier gewickelte Päckchen, wohl Käse und Wurst.

»Gleich, Gitti – gleich essen wir«, murmelte die Mutter neben ihr, »du kannst den Sack schon auspacken – weißt du was – wir nehmen ihn als Unterlage – leg nur alles obendrauf – ich werde dann gleich –«

Da aber ging ein Ruck durch den Waggon, schrille Pfiffe ertönten, die Räder unter ihnen begannen sich knirschend zu bewegen, und langsam setzte sich der Zug in Bewegung. Brigitte ließ den Sack Sack sein, sie warf sich zu Anna und den Schwestern hin, umarmte sie alle und konnte jetzt ihre Tränen nicht zurückhalten. »Wenn du jetzt noch nicht –«, drang es erstickt aus ihr.

Die Mutter streichelte ihr sanft über das Haar.

»Ich bin ja da«, sagte sie, »weine nicht, Gitti, ich bin ja da!«

Während der weiteren Fahrt nach Wien ließ Brigitte die Mutter nicht mehr aussteigen und sich vom Zug entfernen. Sogar wenn es nur darum ging, bei einem Halt des Zuges draußen seine Notdurft zu verrichten, um es nicht im Waggon tun zu müssen, erhob sie Einspruch. »Wenn er losfährt, Mutti!« und: »Dann springen wir ganz rasch zurück!« musste Anna sie beruhigen.

Das Trauma der mütterlichen Abwesenheit während des einen nächtlichen Aufenthalts saß tief in Brigitte. Und die Fahrt im Viehwaggon Richtung Wien hielt ja noch an – diese Nacht und den ganzen folgenden Tag lang waren sie unterwegs. Immer wieder gab es einen Halt. Plötzlich stand der Güterzug irgendwo still, an einer kleinen Bahnstation oder im freien Feld. Weshalb, war unklar. Einmal kam bei so einem Stillstand ein rußgeschwärzter Mann vorbei, spähte zu ihnen herein und erörterte dann etwas mit der Mutter. Brigitte versuchte zu verstehen, worum es dabei ging, aber die beiden standen draußen, vor der geöffneten Waggontür, und sprachen leise miteinander.

»Wer war das?«, fragte Brigitte.

»Dieser Mann ist, glaube ich, der Lokführer«, erklärte ihr Anna, »genau weiß ich's nicht – aber jedenfalls ist er einer von denen, die diesen Zug leiten. Also für ihn verantwortlich zeichnen. Wir sind ja als Fahrgäste registriert.«

»Hat er gewusst, wann wir in Wien sind?«, fragte Brigitte.

»Nein. Leider!«, antwortete die Mutter.

Sie aßen von den Vorräten. Die Mutter fabrizierte Käse- und Wurstbrote, der Lokführer brachte ihnen später sogar eine Kanne Wasser vorbei, aus der alle gierig tranken. Ab und zu schlummerte jemand von ihnen ein, und dann blieben die anderen stets möglichst leise. Vor allem, wenn die kleine Ingeborg schlief. Die Zeit dehnte sich.

Am Tag, der folgte, fuhren sie irgendwann durch ein Gewitter, danach war der Himmel von tiefen Wolken verhangen, man sah es durch das kleine Gitterfenster. Plötzlich blieb der Zug stehen. Direkt unterhalb ihres Waggons war heftiges Rauschen zu vernehmen. Brigitte und Erika öffneten die Schiebetür ein wenig, spähten hinaus und sahen, dass da ein dunkelgrauer Fluss dahinströmte. Als sie jedoch die Köpfe noch weiter hinausstreckten, stellten sie mit Schaudern fest, dass der Zug sich mitten auf einer schmalen Eisenbahnbrücke befand, ohne jegliches Geländer. Es ging von ihrem Waggon aus nahtlos in die Tiefe, hinab zur reißenden Strömung.

»Passt doch auf!«, schrie da Anna und zerrte die beiden Mädchen vom geöffneten Türspalt zurück. Erschrocken kauerten sie jetzt alle nebeneinander. Unter ihnen dröhnte der Fluss.

»Das ist sicher die Enns«, sagte die Mutter nach einer Weile, ruhiger geworden. »An der Enns ist eine Zonengrenze, hab ich gehört.«

»Eine Zonengrenze?«, fragte Brigitte.

»Ja. Irgendwie ist unser Land jetzt doch in Zonen aufgeteilt. Wien auch. Wien besteht auch aus Zonen. Die Wohnung von der Tante Minnie liegt angeblich in der amerikanischen Zone.«

Der Zug setzte sich wieder in Bewegung, langsam vorerst, bis sie den Fluss und die Brücke wieder hinter sich hatten. Dann ratterte er flinker weiter.

»Hoffentlich sind wir bald dort«, murmelte Anna.

»Wo?«, fragte Brigitte.

»In Wien, Gitti – in welcher Zone auch immer – wenn nur bei Tante Minnie!«

Die abendliche Ankunft in Wien, Dampf und Getöse rund um den Zug, das Schleppen von Gepäck und verdreckten Kleidungsstücken, Ingeborg weinend, sie alle bleich wie Gespenster im trüben Licht des Bahnhofes, Annas Bemühungen um eine Fahrgelegenheit und das erschöpfte Warten auf irgendein Taxi-ähnliches Gefährt, dann die Fahrt durch eine von Trümmern und Schutt durchsetzte, kaum beleuchtete Stadt – was die Tante spät vor ihrer Wohnungstür erblickte, entriss ihr einen Schrei des Entsetzens.

»Jessas, ihr Armen! Schauts ihr aus!« »Ja, gut schau'n wir aus«, sagte Anna, die die schlafende Ingeborg trug und neben sich die beiden übermüdeten Mädchen stehen hatte, »geht leider nicht besser, tut mir leid, aber da sind wir.«

»Aber was! Kommts jetzt herein, aber schnell!«, sagte die Tante dann, und sie stolperten mitsamt dem Gepäck an ihr vorbei in die Wohnung. Da standen sie, grau vor Erschöpfung, im Licht einer porzellanenen Deckenlampe und auf sauber glänzendem Parkettboden. Brigitte hatte plötzlich das Gefühl, als wären sie Eindringlinge in einer anderen, einer hellen und gesegneten Welt.

Tante Minnie aber nahm Anna das schlafende Kind ab, sagte: »Mir nach!«, ging voran, durchquerte den großen Vorraum, schritt einen schmalen Flur entlang, und an dessen Ende öffnete sie nacheinander zwei Türen. Anna und die Mädchen, das Gepäck schleppend, waren ihr gefolgt und blickten jetzt in zwei kleine Zimmer, die von Mobiliar, das sie kannten, dicht angefüllt waren.

»Tja, Anna«, sagte Tante Minnie, »der Vater hat alles aus eurer Wohnung herschaffen lassen – tut mir leid – ist halt recht eng – das eine Kabinett hat eh der Franzl ausgeräumt für euch, das war seine Werkstatt, da stehen jetzt eure Betten – das andere war eigentlich früher fürs Dienstmädel, du weißt, die Lintschi – aber die ist ja –«

»Ist ja alles prima so«, unterbrach Anna ihre Schwester. »Hauptsache, wir können bei dir unterkommen!«

»Selbstverständlich könnt ihr! In der Besenkammer hab ich auch noch paar von euren Sachen untergebracht. Im Klo gibt's ein Waschbecken, weißt eh, Anna. Und das Badezimmer könnt ihr mitbenutzen.«

»Sehr lieb, vielen Dank.« Anna tappte in eines der kleinen Zimmer, sank auf ein dort vorhandenes Bett und schloss die Augen. »Legt die Kleine bitte einfach neben mich –«, sagte sie, »ich werde gleich so weit sein –«

Brigitte erkannte jetzt, dass die Mutter am Ende ihrer Kraft angelangt war. »Ich mach das schon mit Ingeborg, danke, Tante«, sagte sie, übernahm vorsichtig das schlafende Kind, schob dann auch Erika vor sich her ins Zimmer, und obwohl Tante Minnie, ihnen besorgt hinterherblickte, schloss Brigitte mit einem höflichen

»Gute Nacht, Tante« die Tür hinter sich.

Es befanden sich das große elterliche Ehebett und außerdem zwei Kinderbetten in diesem Kabinett, eng aneinandergerückt, mit nur wenig Zwischenraum. Aber frisch bezogene Kissen und Decken waren vorhanden, und die Nachttischlampen aus dem Schlafzimmer der Wohnung von früher warfen vertrautes Licht.

»Lieb, die Tante, nicht wahr?«, murmelte Anna. »Sogar die Lampen – wie sie alles für uns gerichtet hat –« Sie ließ sich auf das Bett zurückfallen. »Legst du die Ingeborg in ihr Betterl, Gitti? – und auch die Erika? – das Klo ist vorn am Flur – wenn ihr noch müsst – neben mir ist ja genug Platz für dich, Gitti – schlafen wir jetzt erst einmal, ja? – – –« Anna zog ihre Beine hoch und legte eine Hand über ihre Augen. »Ich kann nicht mehr«, flüsterte sie noch. »Geht schon, Mutti«, sagte Brigitte, »wir machen das.«

Und während sie ihren Schwestern die verschmutzte Kleidung auszog, aus den Koffern Nachthemden und Windeln heraussuchte, Ingeborg wickelte und mit einem Rest Brot fütterte, mit Erika das Klo aufsuchte, wartete, bis beide Schwestern eingeschlafen waren, sich selbst dann auf der Toilette mit kaltem Wasser ein wenig wusch und auch in eines der sauberen Hemden schlüpfte – da war die Mutter bereits übergangslos in einen abgrundtiefen Schlaf gesunken. Sie schnarchte leise, als Brigitte sich neben ihr ins Bett legte, die Decke vorsichtig über sich zog und in Sekundenschnelle auch eingeschlafen war.

Sie waren nach Wien zurückgekehrt.
Die Mutter hatte also ihr ersehntes Ziel erreicht.
Aber erst am Morgen nach der nächtlichen und übermüdeten Ankunft wurde diese Rückkehr ihnen auch zur Heimkehr, zum familiären Wiederfinden und Zusammensein nach Krieg und ungewiss gewesenem Überleben.

Tante Minnie verwöhnte ihre Schwester und deren Kinder mit einem Frühstück, das der Nachkriegszeit trotzte. Sie bot alles auf, was sie am Schwarzmarkt hatte erobern können. Echten Bohnenkaffee für die Erwachsenen gab es, große Tassen mit süßem Kakao für die Kinder, dazu Speck mit Ei, Weißbrot, Butter, Marmelade – die halb verhungerten Ankömmlinge wussten nicht, wie ihnen plötzlich geschah, Anna bedankte sich überströmend, es wurde hingebungsvoll geschmaust.

Die Tante freute sich darüber, sie lachte und leuchtete, hatte rosige Wangen. Ihre beiden Söhne, Franzi und Peter, aßen ebenfalls kräftig mit, und bald begann ein fröhlicher Austausch zwischen den Kindern. Der ältere Cousin, Franzi, hielt sich mehr an Brigitte. Der jüngere, Peter, glitt mit Erika rasch in gemeinsame Vorhaben, sie würden Spiele spielen und erfinden, ein verschworenes Paar kündigte sich an.

Nur der Onkel Franz, von Beruf höherer Beamter, saß wie ein Stück Dunkelheit am heiteren Frühstückstisch. Zwar ließ er hoheitsvoll schweigend gewähren, jedoch allmählich wurde fühlbar, dass er die ab nun übervolle Wohnung nicht wirklich goutierte.

»Habt ihr übrigens genug Platz zum Schlafen gehabt?«, fragte er auch bald. »Es ist sich kaum ausgegangen mit den Betten im Kabinett, wir haben einen halben Tag lang herumgeschoben.«

»Wir haben alle so gut geschlafen wie nie«, sagte Anna.

»Sie waren ja auch so erschöpft!«, warf Tante Minnie ein.

»Na ja«, der Onkel räusperte sich, »das bleibens ja schließlich nicht. Erschöpft hin oder her – es wird zu eng für eine Frau mit drei Kindern werden. Und wenn dann noch der Josef aus der Gefangenschaft kommt?«

Anna und die Tante wechselten einen Blick, dessen Inhalt Brigitte nicht verborgen blieb. Es ging zweifellos um den Onkel, und darum, dass er wohl ein eher schwieriger Mann war.

»Ich werde mir schon noch etwas überlegen«, sagte Anna dann.

»Jetzt lass doch bitte erst mal alle ausruhen, Franz!«, rief die Tante dazwischen. »Kommt Zeit, kommt Rat!« Und sie schenkte ihm und der Schwester eifrig Kaffee nach und fragte die Kinder, ob sie satt seien.

Brigitte war satt. Das Gespräch mit dem netten Cousin verebbte, ihr fiel nichts mehr ein, worüber sie mit ihm reden könnte. Auch war sie gedanklich plötzlich abgelenkt. Eine Erinnerung war in ihr hochgestiegen.

Die Mutter hatte sie nämlich auf der Fahrt im Viehwaggon einmal wie nebenbei gefragt, ob sie sich auch auf die andere Großmutter in Wien freue, auf Vatis Mutter? Und Brigitte hatte es bejaht, ja, sie freue sich, sie hätte diese Oma sehr lieb. Und gefällt dir eigentlich ihre große Wohnung?, wollte Anna noch wissen, und auch diese Frage hatte sie bejaht. Beide kauerten sie damals im Dahinfahren müde neben den schlafenden Kleinen, und nur leise und stockend kam es zu diesem Gespräch. Jetzt kam es ihr wieder in den Sinn, als die Mutter vorhin meinte, dass sie sich schon noch etwas überlegen würde.

Noch am selben Nachmittag besuchten sie in Begleitung von Tante Minnie die Großeltern mütterlicherseits, die nicht weit entfernt ebenfalls im Wiener Bezirk Währing wohnten. Es waren hier weniger Bomben gefallen als in Döbling, trotzdem gingen sie an staubgrauen Häusern entlang, die Gehsteige waren von feinem Schutt bedeckt, die Spuren des Krieges hatten alles im Griff.

In der Schulgasse bogen sie durch ein großes Tor in den Durchgang zum überraschend weitläufigen Hinterhof ab. Wenn man den durchschritt, kam man zu einem zweistöckigen Haus, in dem ebenerdig die Wohnung der Großeltern lag und in dessen Kellerräumen, zu einem tiefer gelegenen Garten geöffnet, sich die weitläufigen Werkstätten des Großvaters befanden.

Die Omama empfing die unversehrt nach Wien Zurückgekehrten mit »Gott sei Lob und Dank!«, liebevollen Umarmungen und einer vorbereiteten Jause. Mit ihnen freute sich auch Annas jüngste Schwester über das Wiedersehen. Sie hieß Tante Hedi, hatte bei einem Bombenangriff ihre Wohnung verloren und war zu den Eltern gezogen. Hier hauste sie mit ihren beiden Söhnen ebenfalls nur in einem kleinen Kabinett, und ebenfalls wusste sie ihren Gatten in Kriegsgefangenschaft. Also waren da zwei weitere Cousins, die Buben Erich und

Werner, die es für Annas Töchter nahezu neu zu erfahren galt, der familiäre Wiedersehenstaumel wollte kein Ende nehmen.

Bis schließlich der Großvater aus seiner Werkstatt hochkam.

Auch er begrüßte alle reihum. Aber man sah ihm die Freude an, vor allem seine Lieblingstochter Anna ans Herz zu drücken. Die beiden umarmten einander anhaltend und mit Tränen in den Augen. Brigitte sah, wie Tante Minnies beobachtender Blick sich verdunkelte. »Tja, die Annschi –«, sagte sie leise vor sich hin. Und Tante Hedi neben ihr nickte, ebenfalls mühsam lächelnd.

Dass ihre Mutter in dieser Familie so etwas wie ein Paradiesvogel zu sein schien, und es wohl immer schon gewesen war, wurde Brigitte sehr rasch augenfällig. Auch später blieb es so, als man mit Großeltern, Tanten und Cousins um einen großen Esstisch herumsaß, belegte Brötchen verzehrte, die in ihrer Schlichtheit köstlich mundeten, und dazu Malzkaffee trank. Als der Opapa sogar eine sorgsam aufbewahrte Flasche Wein aus dem Keller holte und öffnete, die Erwachsenen sich zuprosteten, man einander von Wirren und Ängsten des vergangenen Krieges berichtete und der Ehemänner in Gefangenschaft gedachte – gottlob war keiner im Feld gefallen und

Onkel Franz ja zu seinem Glück kriegsuntauglich gewesen.

Jedenfalls erlebte Brigitte die temperamentvoll in das Gespräch eingreifende Mutter jetzt anders. Diese Frau war plötzlich nicht mehr nur ihre Mutter. Sie wurde Künstlerin, Weltreisende, sie gab den Ton an, und zwar einen anderen als in dieser gutbürgerlichen Familie üblichen. Wer das freudig und begeistert aufnahm, war der Opapa, es fiel Brigitte sofort auf. Sein Blick ruhte jedenfalls voll des Einverständnisses auf Anna.

Brigitte saß am Familientisch und beobachtete.

Obwohl von ihren zwei Schwestern und den vier Cousins kindlich umgeben, nahm sie aufmerksam wahr, was die Erwachsenen bewegte. Der Krieg hatte sie das gelehrt.

Als das älteste von drei Mädchen war sie an der Seite ihrer Mutter selbst erwachsen geworden.

Erwachsener jedenfalls, als ihr Alter es verlangte.

Die Stadt Wien lag kriegsbeschädigt arg darnieder, nur langsam erhob sich aus Schutt und Desorganisation wieder die ersehnte Möglichkeit, friedvoll ein menschliches Leben zu führen.

In Tante Minnies Wohnung, trotz räumlicher Enge und zu viel Nähe, tat man sein Möglichstes, die gebotene Höflichkeit und Würde zu bewahren.

Was nicht immer leichtfiel. Ab und zu mussten aufkeimende Zwistigkeiten überwunden werden, jedoch gab es letztlich bei allen, bei den Erwachsenen und den Kindern, das Bemühen, diese nicht ausarten zu lassen.

Brigittes kleinere Schwester Erika konnte jedenfalls bald die erste Klasse einer wieder eröffneten und recht nahegelegenen Volksschule besuchen. Das vom Krieg traumatisierte Kind war voll der Begeisterung, jetzt ohne Bombengefahr und in friedlicher Konzentration das Schreiben und Lesen erlernen zu dürfen. Es ging leidenschaftlich gern zur Schule, zeigte der großen Schwester voll Stolz seine Schulhefte und ließ sich bewundern, wenn es bei seinen Hausaufgaben die Buchstaben besonders schön schrieb. Brigitte tat das mit aller schwesterlichen Liebe, sie freute sich über Erikas Freude.

Nun sollte aber auch ihr eigenes schulisches Leben wieder Gestalt annehmen. Anna setzte sich eines baldigen Tages zu ihr, blickte sie eindringlich an, seufzte – und dann kam es! Ein sehr gutes Gymnasium gebe es im achten Bezirk, ganz nah von Omas Wohnung in der Schlösselgasse. Cousine Lisi, die ja bei der Oma aufwachse, besuche es bereits.

»Was wäre, wenn du auch bei Oma wohnst und

dort mit Lisi zur Schule gehst?«, fragte die Mutter. »Ihr hättet genügend Platz in der großen Wohnung, und die Oma würde sich über deine Anwesenheit freuen, hat sie mir gesagt. Die Lisi ist ja älter als du und sie ist eine gute Schülerin. Sie könnte dir helfen, wenn's dir bissel schwerfiele im neuen Gymnasium – also was meinst du?«

Und Brigitte wusste allzu genau, dass es bei dieser Frage nicht um ihre Meinung ging, sondern um Annas Bitte, damit einverstanden zu sein, so sehr es für die Tochter auch schmerzlich sein würde. Ingeborg, die jüngste, begann gerade gern herumzulaufen, blieb nicht immer in den kleinen, ihnen zugewiesenen Zimmerchen, die Mutter hatte viel damit zu tun, den strengen Onkel Franz nicht zu verärgern und dennoch ihrer Kleinsten Bewegungsfreiheit zu gewähren. Dazu kam Erika und die Schule, da musste pünktlich das Frühstück auf den Tisch. Dann die Mahlzeiten für sie alle, die mühsamen Einkäufe, da es wenig Essbares zu kaufen gab. Und immer wieder die Enge, das Zueinandergedrängtsein in der Wohnung! Im engen Schlafkabinett, beim Benutzen eines einzigen Badezimmers und einer gemeinsamen Küche – nur eine Person weniger würde da schon Erleichterung bringen.

Brigitte verstand das. Sie musste es verstehen.

»Oh ja, ich wohne eh gern bei der Oma«, antwortete sie tapfer, »und geh dort mit der Lisi ins Gymnasium – das wird sicher lustig.«

Anna umarmte ihre große Tochter mit Tränen in den Augen. Ihr war bewusst, dass Brigitte viel lieber bei ihnen hier in der Gymnasiumstraße geblieben wäre, jedoch der unübersehbaren räumlichen Not gehorchte. Schon früh hatte dieses Mädchen die Bereitschaft zu Vernunft und Einsicht erlernen und erweisen müssen. Zu früh, dachte Anna. Es war dieser verdammte Krieg. Und der Umstand, die älteste Tochter zu sein, mit zwei kleineren Schwestern, die für sie, die Mutter, Vorrang haben mussten, ob sie das wollte oder nicht. Und wodurch sie gezwungen war, immer wieder Brigittes Hilfe in Anspruch zu nehmen.

»Danke, meine Gitti«, flüsterte sie.

Dann richtete sie sich auf und wischte ihre Tränen weg.

»Und es ist ja sicher nur für kurze Zeit«, fügte sie mit gefestigter Stimme hinzu, »nur solange wir hier so gedrängt leben müssen. Wenn Vati zurückkommt – und sie sollen ja bald alle aus der Gefangenschaft zurückkommen, hört man – und wir wieder eine eigene Wohnung haben – du wirst sehen, dann wird ja alles wieder anders.«

Und für Brigitte wurde alles anders.

Mit der Mutter fuhr sie zur Oma.

Um die Großmütter zu unterscheiden, hatte man Josefs Mutter stets Oma genannt, oft auch »die große Oma«. Die in Währing hieß eisern Omama, oft auch »die kleine Omama«.

Es hatte zwar etwas mit der Statur der beiden Frauen zu tun – die eine groß gewachsen, die andere zierlicher –, aber nicht nur. Oma war eindeutig die stärkere Persönlichkeit, eine, die ihr Revier wie eine Art Feldherr verwaltete, verköstigte und betreute, ihr schweigsamer Ehemann als Pfeife rauchendes Requisit mit eingeschlossen. Trotzdem war sie musisch interessiert, liebte nichts so sehr wie die schulischen Erfolge ihrer Enkeltochter Lisi, besaß die Vision eines anderen Frauseins als des ihr vom Leben zugewiesenen, war genaues Gegenteil einer frommen und gehorsamen Ehefrau.

Ihre Schwiegertochter Anna und deren älteste Tochter ratterten also mit der Straßenbahn in den achten Wiener Bezirk. Einen einzigen Koffer hatten sie dabei, der alles an Brigittes Kleidung und Habseligkeiten enthielt. Im nahen Gymnasium war sie bereits angemeldet worden. Als sie bei Oma anläuteten, öffnete diese nicht nur die Wohnungstür, sondern auch beide Arme, um ihre andere Enkelin zu umarmen und als Mitbewohnerin willkommen zu heißen. Gleich kam auch Lisi gelaufen. »Fein, da bist du ja!«, rief sie und umschlang ihre Cousine.

So fing es also an.

Brigitte blieb bei der großen Oma.

Sie teilte dort mit Lisi das geräumige Zimmer mit Doppelbett. Dieses war wohl ehemals als Ehebett gedacht gewesen, aber die Großmutter schlief jetzt lieber in einem Kabinett gleich neben der Küche. Dort hortete sie auf einem riesigen Tisch die kostbaren Vorräte an Essbarem, die zurzeit nur mühsam aufzutreiben waren. Unternahm sie selbst doch ab und zu beschwerliche Reisen zu einer bekannten Bauernfamilie, deren Hof man trotz unsicherer Zugverbindung in einigen Stunden erreichen konnte. Sie arbeitete dort ähnlich einer Magd bei allem mit und kehrte dann, in dieser Weise entlohnt, mit einem schweren Rucksack voller Lebensmittel nach Wien zurück. So befand sich also ihr nächtliches Lager dicht neben Schinkenkeulen, Käse, Speck, Butter, Brotlaiben und anderen Spezereien, die daraus aufsteigenden Gerüche umhüllten ihren Schlaf, und sie schien das mehr zu genießen, als darunter zu leiden.

Opas Nachtquartier hingegen hatte sie in einem fensterlosen Nebenraum untergebracht. Saß er doch ohnehin tagsüber stets am Korridorfenster und rauchte Pfeife. Er war ein schweigsamer Mann, dieser Opa, sein dichter Schnauzbart schien kaum Worte freizugeben, nur das Paffen am geschwungenen Pfeifenstiel zuzulassen. Seine Mahlzeiten erhielt er meist in der Küche, wo er ab und zu auch herumsaß und Omas Hantierungen beim Kochen beobachten durfte.

Brigitte machte sich Gedanken über diesen Opa. Dass er so gefügig und so wenig beachtet nur ein stiller Mitbewohner war, in keiner Weise als Omas Ehemann zu gelten schien.

»Kann denn die Oma den Opa nicht besonders gut leiden?«, erkundigte sie sich schließlich bei Lisi.

Sie saßen bei den Hausaufgaben und die Cousine hob den Kopf.

»Ich glaube, sie wollte ihn als junges Mädchen erst mal gar nicht heiraten«, antwortete sie dann.

»Aber warum hat sie's dann getan?«

»Die Eltern haben sie gezwungen.«

»Aber warum?«

»Meine Mama hat mir erzählt, dass Opa in dem böhmischen Dorf, woher sie kamen, der hoch geachtete Stationsvorstand war, und die Oma kam aus einer armen Familie, er war damals eine gute Partie, deshalb.«

»Aber man kann doch ein Mädchen nicht zu so etwas zwingen!«, wandte Brigitte ein.

»Die Mama hat gesagt, dass die Oma sogar ein paarmal wieder nach Hause gelaufen ist, aber die Eltern haben sie eisern zu ihrem Mann zurückgeschickt!«

Lisi rückte näher an Brigitte heran und sprach jetzt leiser.

»Unser stiller Opa soll ein ziemlich brutaler Kerl gewesen sein, sagt die Mama. Die Oma ist ja jünger als er. Sie bekam von ihm die drei Kinder, und irgendwann später, als er schon in Pension war, wurde sie dann die Stärkere. Sie wollte nach Wien, sie wollte, dass die Kinder studieren, sie ist jetzt die Herrin!«

»Aber der Opa war doch auch ein Papa – war er denn zu deiner Mama oder zu meinem Vati auch brutal?«

»Nein, zu den Kindern nicht mehr! Die Oma hat der Mama einmal alles erzählt, als sie beide Wein getrunken haben. Und du kennst ja meine Mama, wenn sie Wein trinkt, da schenkt sie dauernd nach und will von allen alles wissen –«

»Stimmt«, sagte Brigitte.

Sie hatte die Schwester ihres Vaters vor dem Krieg nur einmal kurz erlebt. Sie, die man »Tante Ritschi« nannte, arbeitete als Stewardess auf Luxusdampfern, war immer unterwegs, und deshalb wuchs ja Tochter Lisi bei ihrer Großmutter auf.

Aber als zwischen ihren Schiffsreisen einmal ein Besuch der Tante stattfand, war Brigitte dabei gewesen, und es hatte sie verblüfft, wie schnell es dabei hoch hergegangen war. Die Tante konnte zwölf Zwetschkenknödel auf einmal essen und »soff wie ein Seemann«. Letzteres hatte sie ihren Vati sagen hören, und es wirkte auch so.

»Aber auch wenn die Oma das deiner Mama erzählt hat«, sagte Brigitte, »ich kann mir den Opa einfach nicht als brutalen Kerl vorstellen. Du, Lisi?«

Die Cousine lachte hell auf.

»Ich auch nicht«, rief sie, »da ist jetzt eher unsere Oma so! Manchmal ein bisserl brutal mit dem Opa!«

»Vielleicht rächt sie sich –«, sagte Brigitte leise.

Sie sah plötzlich die Großmutter vor sich, abgearbeitet, immer leicht hinkend, weil eine Hüfte krank war, und immer ein wenig erschöpft.

»Ja, vielleicht –« Auch Lisi sprach jetzt leise und schaute über ihre Schulhefte hinweg sinnend ins Weite. »Sicher war auch sie einmal jung und schön und wollte keinen Mann heiraten, der bös' zu ihr war.«

»Das muss was Schreckliches sein«, sagte Brigitte.

»Ja«, stimmte Lisi zu, »das würde ich nie tun! Einen bösen Mann heiraten!«

»Ich auch nicht!«

Die Mädchen starrten einträchtig vor sich hin, beide mit einem künftigen Frausein vor Augen. Bis Lisi zur Ordnung rief.

»He, unsere Hausaufgaben! Weitermachen, Gitti! Du weißt ja – du musst noch so viel aufholen!«

Und das stimmte. Das musste sie.

Brigitte nahm sich also gehorsam wieder das Mathematikheft vor, konnte die nächste Rechenaufgabe – wie die vorige – aber wieder nicht allein lösen, musste wieder kleinlaut bei Lisi nachfragen und sich von ihrer Cousine – die Vorzugsschülerin und einige Klassen über ihr war – auf deren selbstsichere Weise belehren lassen.

Aber Lisi war immer freundlich und lieb zu ihr, darum ging es nicht. Auch die große Oma nahm sich herzensgut ihrer an, fand sie zu dünn und fütterte sie mit dem Besten, was ihre Küche hergab. Brigitte mochte ihre Cousine und mochte diese Oma. Sie hatte ein bequemes Bett, für ihre Kleidung eine eigene Schublade in der Schlafzimmerkommode, es gab hier für alles und jedes mehr Raum als in den Zimmerchen bei Tante Minnie.

Nur fehlten ihr die Mutter und die Schwestern, sie litt schlicht darunter, nicht mehr bei ihrer Familie sein zu dürfen. Sie fühlte sich wie in eine fremde Welt abgeschoben und hatte Heimweh.

Nachts, wenn die Sehnsucht nach ihren Lieben sie überfiel, hätte sie manchmal gern den Tränen freien Lauf gelassen und bezwang sich nur mit Mühe, es nicht zu tun. Cousine Lisi schlief neben ihr und könnte vom Weinen aufgeweckt werden, das wollte sie vermeiden. Also lag sie oft mit offenen Augen und starrte in das Dunkel, stellte sich ihre schlafenden Schwestern vor, die kleine hellblonde Ingeborg, dann Erika mit ihrem zerzausten Lockenkopf, sie sah Mutter Annas dem Schlaf hingegebenes Gesicht, hörte ihr leises Schnarchen – und trotz all der Nähe und Enge läge sie so gern dort bei ihnen und nicht hier im weit entfernten Bett. Aber das ging nun einmal nicht, Brigitte bemühte sich, es einzusehen und zu schlafen. Sie musste jetzt vernünftig sein und durfte keine Schwierigkeiten machen. Dann, wenn der Vater wieder bei ihnen sein würde, dann vielleicht wäre alles ein wenig so wie früher, die Mutter hatte es ihr ja versprochen.

Aber da war auch das Gymnasium, waren die Mädchen in ihrer Klasse, alles war neu und ungewohnt. So ganz anders als in den lockeren Schulstunden in Mattighofen, als der Krieg solches hatte beiläufig und nebenher werden lassen, wurde hier in Wien wieder ernst genommen, was die Schülerinnen leisteten. Es fiel Brigitte jetzt schwer, bei all dem streng Geforderten mitzuhalten. Trotz Lisis ständigem Beistand wurde sie keine gute Schülerin. Und obwohl keiner sie deshalb rügte oder ihr Vorwürfe machte und sie ohnehin das Pensum stets irgendwie schaffte – da gab es diesen leuchtenden Stolz der Oma, wenn die Cousine, als könne es gar nicht anders sein, mit ihren glänzenden Noten heimkam, während bei ihr nur aufatmend »Geht ja!« festgestellt wurde. Es beschämte sie.

Und eine Weile lang lebte plötzlich auch Lisis Mutter bei ihnen in der Schlösselgasse, was mehr Aufruhr und Wirrwarr in die Wohnung brachte, aber auch ihr erfrischend lautes Lachen. Sie arbeite für die amerikanische Besatzung, wurde Brigitte erklärt, ihrer ausgezeichneten Englischkenntnisse wegen, und weil zurzeit wenig Stewardessen auf Luxusdampfern benötigt würden. In einem tollen Wiener Hotel seien Büroräume der Amerikaner untergebracht, hieß es, und Lisis Mama kam oft spät nachts und kräftig nach Alkohol duftend von dort nach Hause.

»Deine Mutti ist auch dabei«, sagte Lisi eines Morgens zu Brigitte, als sie auf leisen Sohlen an der schnarchenden Tante Ritschi vorbei zur Schule aufbrechen mussten.

»Wo dabei?«

»Na ja, bei diesen Festen, die sie feiern. Die oberen Generäle und Offiziere – sind lauter fesche

Amerikaner, sagt die Mama, und es sind hübsche Frauen aus Wien dazu eingeladen.«

»Und meine Mutti auch?«

»Ja, manchmal. Sie hat angeblich einen besonders netten Verehrer!«

»Verehrer?«

»Ja! Die Frauen haben es im Krieg so schwer gehabt, sagt die Mama, da soll doch auch die Tante Anna, also deine Mutti, das Leben wieder einmal ein bisserl genießen.«

»Aber der Vati –?«

»Der ist ja noch nicht da, und deine Mutti tut ja nichts Böses. Feste feiern und Champagner trinken ist doch nichts Böses!«

Dem widersprach Brigitte nicht.

Wie fast an jedem Morgen waren sie gemeinsam am Weg zum Gymnasium, und schweigsam ging sie neben Lisi her. Tante Ritschi mochte da wohl Recht haben, dachte sie, die Mutter hatte wirklich Schweres erlebt, die Bomben, der Säugling Ingeborg, die mühsame Reise nach Pfaffstätt, dort die Mühe, sie alle zu ernähren, dann der Viehwaggon zurück nach Wien – ja, arg war das alles, sie selbst hatte es ja miterlebt. Aber was würde sein, wenn Vati aus der Gefangenschaft heimkäme und seine Frau hätte einen Verehrer? Was genau war das denn eigentlich, ein Verehrer? Noch dazu ein fescher? Ob sie der wohl auch küsst? Was genießen Frauen denn dabei? Außer Champagner?

»Machst du dir Sorgen wegen deiner Mutti?«, fragte Lisi plötzlich. »Du schaust so.«

»Ich denke nur an den Vati, ob er das mögen wird.«

»Der wird es gar nicht erfahren. Bis er kommt, das dauert ja noch, und meine Mama wird deine nicht verraten.«

»Verraten?«

»Na ja – sie wird ihm nichts davon erzählen.«

»Mir wäre trotzdem lieber, es wäre gar nicht.«

Sie waren angekommen und Lisi stieg vor Brigitte die Treppen zum Schulhaus hoch. Dann wandte sie sich nochmals nach ihr um. »Weißt du was, Gitti? Denk einfach nicht mehr dran!«

Aber nicht mehr daran zu denken gelang Brigitte nicht. Wenn Anna sie bei Oma besuchte, oder sie selbst zu Besuch in der Gymnasiumstraße war, beobachtete sie ihre Mutter neu. Und stellte fest, dass diese, wie seit langem nicht mehr, ab und zu einen Lippenstift benutzte und rosigere Wangen hatte.

Und einmal bekam Brigitte bei Tante Minnie einen Disput mit, der sie tief erschreckte und ihr ungutes Vorgefühl bestärkte. Es geschah, als die beiden Frauen in der Küche nicht wussten, dass sie sich im Vorzimmer befand und alles hören konnte.

Tante Minnie sagte mit erhobener Stimme zur Mutter: »Kannst ja froh sein, dass wir hier auf deine Kleinen schauen, wenn du wieder mal die ganze Nacht ausbleibst!« »Die schlafen fest und machen euch doch keine Mühe!«, lautete die ebenfalls heftige Antwort. »Außerdem bleibe ich ja nie die ganze Nacht!« »Fünf Uhr früh!«, rief Tante Minnie aus. »Das nennst du: nicht die ganze Nacht?« »Behandle mich nicht wie deine kleine Schwester!«, schrie jetzt Anna. »Ich bin erwachsen!« »Dann benimm dich auch so!«. brüllte die Tante zurück.

Dann schienen die Frauen sich ihrer Lautstärke bewusst zu werden, plötzlich geriet alles zu einem heiseren Flüstern. Und Brigitte flüchtete jetzt, sie begab sich aus dem Vorzimmer in das entfernte Kabinett, wo Erika mit Hingabe ihre Hausaufgaben machte und Cousin Peter mit der kleinen Ingeborg spielte. Sie schichteten Bauklötze aufeinander.

Diese friedliche Stimmung beruhigte Brigitte ein wenig, ihr Herzklopfen ließ nach. Sie setzte sich zu Erika an den Tisch und sah ihr beim Schreiben zu.

»Schön, deine Buchstaben!«, sagte sie nach einer Weile.

»Ich schreibe sie so gern, deshalb«, antwortete Erika. »Bleibst du heute über Nacht bei uns?«

»Nein«, sagte Brigitte, »ich muss dann in die

Schlösselgasse zurückfahren, wegen morgen – das frühe Aufstehen.«

»Gehst du gern in dein Gymnasium?«, fragte Erika.

»Ich glaube – nicht so gern wie du in deine Schule«, antwortete Brigitte leise. Sie war traurig. Sie hatte Sorge wegen Vati, wegen der Schreierei in der Küche, sie sehnte sich nach den schönen familiären Zeiten vor dem Krieg zurück. Dieser blöde Krieg. Er hatte alles zerstört.

Da betrat auch die Mutter das Zimmer.

»Wirst du hier noch abendessen, Gitti?«, fragte sie. Ihre Wangen waren jetzt nicht nur rosig, Zornesröte lag noch auf ihnen, und ihr Atem ging schnell. »Es gibt warmen Apfelstrudel, Tante Minnie holt ihn gerade aus dem Rohr. Ich werde beim Nachtmahl nicht dabei sein, weil ich jetzt noch wegmuss – etwas erledigen, weißt du – aber wenn du mit den Kleinen noch bissel bleiben willst –?«

»Nein, Mutti«, unterbrach Brigitte, »das geht heute leider nicht. Ich muss jetzt auch zur Oma, muss früher schlafen, morgen hab ich nämlich eine Schularbeit –«

»Klar«, sagte Anna, während sie sich ihre Pelzjacke überzog. »Macht nichts, Tante Minnie bringt die beiden Mädel ja dann ins Bett. Wir können gemeinsam zur Straßenbahn gehen – ja?«

Sie kämmte sich noch durchs Haar, nahm einen kleinen Spiegel aus ihrer Handtasche und zog sich die Lippen nach. Gesprochen hatte sie wie nebenbei, und Brigitte fühlte eine seltsame, vibrierende Eile aus ihrer Mutter strahlen.

»Meine Süßen, seid brav«, sagte sie, umarmte und küsste Ingeborg und Erika hastig, und war schon vorausgelaufen, während Brigitte sich noch innig von den Schwestern und auch vom Cousin Peter verabschiedete. Stets tat es ihr weh, zu gehen.

»Wo bleibst du denn?«, rief Anna ungeduldig an der geöffneten Wohnungstür. Gleichzeitig trat ihre Schwester mit dunklem Blick aus der Küche. »Gute Nacht, Tante Minnie«, verabschiedete sich Brigitte. »Ja, ja, gute Nacht, meine Liebe – deine Mutter hat's eilig, wie du siehst!«, lautete die ebenfalls dunkel klingende Antwort.

»Komm jetzt, Gitti!«, rief Anna nochmals heftig, und als sie und Brigitte die Wohnung verlassen hatten, schloss sie knallend die Tür hinter sich. Die vier Stockwerke lief sie so rasch abwärts wie ein junges Mädchen, Brigitte hatte Mühe, ihr zu folgen.

Im Freien eilten sie schweigend die Gymnasiumstraße entlang bis zur Haltestation, standen dann wartend und außer Atem nebeneinander, bis nach wenigen Minuten sich eine Straßenbahn näherte.

»Ich nehme ja die andere«, sagte die Mutter, »das ist deine! Leb wohl, mein Schatz!« Vor dem Einsteigen küsste sie ihre Tochter auf beide Wangen und winkte noch kurz hinterher, als die Straßenbahn losfuhr. Aber ihr Gesicht leuchtete bereits einem ganz anderen Geschehen entgegen.

Brigitte saß während der Fahrt am Fenster, sah die abendlich düstere, mit wenigen funktionierenden Straßenlampen kaum erhellte Stadt vorbeiziehen, und hatte ein schweres Herz.

Ob die Mutter wohl wieder zu ihnen zurückfinden würde?

Irgendwann gab es auf den Bahnhöfen Züge voller Kriegs-Heimkehrer. In Gefangenschaft Geratene wurden mehr und mehr freigelassen und durften nach Hause. Die Oma erwartete sehnsüchtig ihre Söhne. Der jüngste, Rudi, galt zu ihrer Verzweiflung immer noch als vermisst, aber Brigittes Vati, der Josef, war in englischer Gefangenschaft, und von dort, hieß es, kehrten die Männer ja am ehesten wieder heim.

Oftmals erhielten Familien einen Bescheid, wann, mit welchem Zug die Männer aus einem Gefangenenlager der Siegermächte wieder zu ihnen nach Hause kämen. Manchmal jedoch gab es auch Überraschungen und ein müder, abgemagerter, schmutziger Heimkehrer stand unerwartet vor der Tür seiner Familienangehörigen.

Jedenfalls schrillte eines frühen Morgens auch bei Oma das alte Telefon, das im Vorzimmer an der Wand hing, und es erreichte sie die Nachricht von Vatis überraschender Heimkehr. Er sei ohne Vorankündigung bei ihr und den Mädchen in der Gymnasiumstraße aufgetaucht, sagte eine etwas atemlose Anna. Große Freude herrsche natürlich. Er hätte gebadet, viele Stunden geschlafen und wolle jetzt unbedingt auch seine Eltern und Brigitte schnell wiedersehen.

Die Oma weinte Freudentränen. Sie saß neben dem Telefon und weinte haltlos. Lisi und Brigitte, die gerade ins Gymnasium aufbrechen wollten, standen mit ihren Schultaschen neben ihr, abwartend und ein wenig ratlos.

Sich die Augen trocknend sagte die Oma schließlich: »Gitti, weißt was? Lass du heute die Schule Schule sein, fahr jetzt gleich mal in die Gymnasiumstraße, damit dein Vater dich umarmen kann. Ich koche was Feines, und ihr kommt dann alle zum Mittagessen her, ja?«

Das ließ Brigitte sich nicht zweimal sagen.

Sie nickte, stellte die Schultasche ab, erhielt Geld für die Straßenbahn und eilte davon. Die ganze Fahrt über klopfte ihr Herz vor Aufregung, es ging ihr viel zu langsam dahin, von der Station bis zum Haus in der Gymnasiumstraße rannte sie, dann stürmte sie ohne Aufenthalt die vier Stockwerke hoch, bis sie endlich vor Tante Minnies Wohnungstür stand, völlig außer Atem, und anläuten konnte.

Es war der Vater, der öffnete.

Aber fast hätte sie ihn nicht erkannt.

Er war so dünn geworden, der Hals ausgemergelt, das Gesicht eingefallen, die Haare leicht ergraut, wohin hatte sich ihr immer gutaussehender Vati denn verloren?

Er aber schloss sie sofort in seine Arme, »Ach Gittilein«, seufzte er, und als er sie wieder losließ, sah sie Tränen in seinen Augen.

»Wie groß du schon bist, mein Mädchen!«, sagte er dann und lächelte. »Aber schau mich bitte nicht so erschrocken an, ich werde hoffentlich bald wieder der Alte sein! Die Mutti war auch ziemlich entsetzt bei meinem Anblick.«

»Habt ihr denn nichts zu essen bekommen?«, fragte Brigitte.

»Nicht nichts, aber recht wenig. Lass uns jetzt aber nicht mehr über das Vergangene reden, der Krieg ist endlich vorbei und wir sind wieder beisammen!«

»Die Oma kocht dir was Gutes, sie erwartet uns dann!«

»Natürlich fahren wir dann zur Oma, aber jetzt komm erst mal herein.« Josef, den Arm um die Schultern seiner Tochter gelegt, ging mit ihr durch den großen Korridor zum Schlafkabinett. Dort saßen Erika, Ingeborg und die Mutter auf den aneinandergereihten Betten, ein wenig steif und ratlos saßen sie da, es wirkte auf Brigitte so, als wäre gerade eine ernste Konferenz unterbrochen worden, und nicht so, als herrsche die von ihr erwartete Freude.

»Weißt du, Gitti, wir haben uns ein wenig darüber unterhalten, wie wir unser zukünftiges Leben angehen wollen«, sagte Josef, »hier diese Zimmerchen bei Tante Minnie und Onkel Franz sind ja nur eine Übergangslösung – obwohl ich den beiden natürlich sehr dankbar bin, dass sie euch aufgenommen haben.«

»War die einzige Möglichkeit«, antwortete Anna, »nachdem wir unsere Wohnung ja nicht mehr beziehen dürfen – aus gewissen Gründen –«

Ohne zu antworten, sah Josef seine Frau kurz an. Dann setzte er sich dicht zur kleinen Ingeborg, die aber abrückte und ihn erschrocken musterte, als er ihr durch die blonden Locken strich. »Na sowas«, rief er traurig aus, »da hab ich mein kleines drittes Mädel überhaupt noch nicht wirklich gesehen, nur Fotos, und jetzt schreckt sie sich sogar vor ihrem Vati!«

»Sie wird dich schon noch kennenlernen«, erwiderte ihm Anna.

Brigitte, die sich neben Erika ebenfalls auf eines der Betten niedergelassen hatte, fiel der seltsame Ton auf, mit dem ihre Mutter das sagte. Da schwangen Erschöpfung und Ungeduld mit, beides. Seit der Ankunft des Vaters schienen bereits Gespräche stattgefunden zu haben, aus denen offensichtlich Schatten über die Wiedersehensfreude gefallen waren.

»Wir werden bald eine andere Wohnung finden«, sagte Josef abschließend, »und alles wird wie früher.«

»Glaub ich nicht«, widersprach jedoch Anna, »es wird alles nicht so bald wie früher – vergiss nicht – erst mal deine Entnazifizierung –«

»Anna! Lass das!«

So die Mutter hart verweisend, mit so einer Stimme, hatte Brigitte ihren Vater noch nie gehört. Auch nicht dieses seltsame Wort, das ihn so aufzubringen schien. Anna senkte den Blick und schwieg. Josef atmete aus.

»Lass uns jetzt zur Oma fahren, ich glaube, sie erwartet mich mit Ungeduld«, fuhr er dann in gewohnter Weise fort, »und uns alle sicher mit einem Festtagsmahl!«

So war es dann auch.

Nachdem sie mit der Straßenbahn in den achten Bezirk gerumpelt, die Florianigasse hochgeeilt und dann in der Schlösselgasse zur Wohnung hinaufgestapft waren, gab es ein tränenreiches Wiedersehen. Brigitte stand mit Cousine Lisi ein wenig abseits, denn Tante Ritschis Temperament und Omas aufgelöstes Schluchzen beherrschten die Szene. Auch Anna und die kleinen Mädchen Erika und Ingeborg mussten reichlich Umarmungen und Küsse erdulden. Die Willkommensfreude umdrängte den heimgekehrten, arg dünnen und abgekämpften Vater schließlich so sehr, dass er darum bat, sich setzen zu dürfen.

»Ja, natürlich! Und gleich an den gedeckten Tisch!«

Es wurde ein Festmahl. Oma hatte aufgeboten, was immer in diesen Zeiten aufzubieten war, und alle griffen zu. Die Erwachsenen tranken Bier und Wein, die Stimmung stieg, den Kindern gab man Limonade, Ingeborg schlief schließlich auf dem Sofa ein, und Erika, der langweilig wurde, bat Brigitte, mit ihr Verstecken zu spielen.

»So wie früher in Pfaffstätt!«, rief sie. »Wie du noch bei uns warst. Wie wir noch alle beisammen waren.«

»Aber jetzt ist doch endlich der Vati wieder da!«

»Ja – aber du bist nie mehr bei uns!«

»Das wird schon wieder«, sagte Brigitte leise.

Dass alles nicht wieder so wurde, wie vor dem Krieg gewesen, war sichtbar und letztlich allen bewusst. Jetzt herrschte eine neue Gegebenheit, die jegliches erfasste. Brigittes Sehnsucht, nach wie vor ganz Teil ihrer Familie zu sein, mit den Eltern und ihren zwei Schwestern zusammenzuleben, ließ sich auch weiterhin nicht erfüllen. Allzu lange gab es nur die beiden Zimmerchen bei Tante Minnie und dem unwilligen Onkel Franz, die Situation dort wurde mehr und mehr von Zwist und Ungeduld getrübt, jetzt, wo auch der Heimkehrer Josef das enge Zusammenleben noch verschärft hatte. Brigitte hörte ihre Mutter der Oma ihr Leid klagen, wenn sie manchmal zu Besuch kam, auch um ihre älteste Tochter nicht ganz aus den Augen zu verlieren. Es sei nicht mehr auszuhalten, so dichtgedrängt zu hausen, klagte sie. Nur Zwistigkeiten, man könne einander nicht aus dem Weg gehen, sie meine manchmal zu ersticken. Josef hätte nur Arbeit in der Glaserei ihres Vaters gefunden, als simpler Hilfsarbeiter, weil noch nicht entnazifiziert. Kaum Geld, keine eigene Wohnung, es sei ein Jammer.

»Was heißt das, Mutti – entnazifiziert?«, erkundigte sich Brigitte, als das Wort nochmals fiel.

»Nun ja – weißt du –«, Anna suchte nach der Erklärung, »der Vati – er war ja Mitglied bei der Partei – war also ein Nazi, das Wort kennst du ja – und es sind Verbrechen geschehen – im Krieg – auch schon vorher –«

»Das mit den Juden?«, fragte Brigitte.

Anna sah ihre Tochter an.

Kurz herrschte Schweigen.

»Ja, das vor allem«, fuhr Anna nach einer Weile fort. »Leider hat es Vatis Zeit beim Gouverneur in Lemberg gegeben, er muss jetzt beweisen, dass er dort nicht verantwortlich war. Wenn dieser Beweis gelingt, ist er entnazifiziert – das bedeutet, dass er normal weiterleben darf.«

»Wird dem Vati das gelingen?«

»Schau, Gitti. Er arbeitet jetzt beim Opapa in der Glaserei oder auf Baustellen. Aber sein Verfahren läuft und man wird ihm glauben. Dann kriegt er bald eine ordentliche Anstellung und eine Wohnung für uns alle, wir sind dann wieder beisammen und alles wird gut.«

»Das wäre schön«, sagte Brigitte.

Jedoch blieb alles noch lang beim Alten. Die Nachkriegszeit machte Mühe, nur langsam erholte sich die Stadt, erholten sich ihre Bewohner von den Wunden, die der Krieg geschlagen hatte. Brigitte lebte wie gehabt bei der Oma und ging weiter ins Gymnasium. Von Cousine Lisis Beistand getragen, stieg sie auch von Klasse zu Klasse auf, aber nie hatte sie das Gefühl, es als persönlichen Erfolg verbuchen zu können, ging sich's doch stets nur irgendwie aus. Auch die Eltern lobten sie kaum, sondern waren maßgeblich erleichtert, wenn der schulische Weg der ältesten Tochter ohne ihr Zutun funktionierte. Zur Genüge wurden sie von ihren beengten Lebensumständen mit den kleineren Mädchen Erika und Ingeborg und von Zukunftsfragen gequält.

Erleichterung gab es, als die ersehnte Entnazifizierung Josefs endlich spruchreif wurde. Dass er das Gouvernement frühzeitig verlassen hatte und freiwillig als einfacher Soldat an die Front gegangen war, entlastete ihn letztendlich. Man saß in der Schulgasse bei Annas Eltern beisammen und feierte diesen Umstand. Brigitte wurde hinzugeholt, saß zwischen den Schwestern und Cousins, die sie alle viel zu selten traf, und fühlte sich mittlerweile als Außenseiterin, als eine, die nicht mehr dazugehörte. Auch musste sie sich gegen Abend, während alle noch tranken und plauderten, früher verabschieden, um allein wieder zur Oma zurückzufahren. »Schade! Muss das sein?«, rief man, »Ja – ich muss früh auf!«, wies sie auf den Schulbeginn am nächsten Tag hin. Beide Eltern umarmten sie zwar besonders innig, ehe sie ging, aber in der Straßenbahn kämpfte Brigitte mit Tränen. Sie fühlte sich verlassen und beiseitegeschoben.

Obwohl die Oma und Tante Ritschi sie freundlich empfingen, Lisi noch wach war und mit ihr über das Buch sprach, das sie im Schein der Nachttischlampe gerade las, konnte Brigitte diese Empfindung nicht abschütteln. Aber erst als auch sie zu Bett gegangen und die Cousine neben ihr eingeschlafen war, ließ sie es zu, zwar möglichst leise, aber wirklich zu weinen.

Der ehemalige Hausbesitzer vom Trautenauplatz bot schließlich Josef Pluhar, den er eigentlich geschätzt und ungern als Mieter verloren hatte, eine andere Wohnung an. Sie läge jedoch – es täte ihm leid, aber nur das wäre möglich – jenseits der Donau im Arbeiterbezirk Floridsdorf.

Anna war es, die jedoch sofort alle Bedenken über Bord warf. Nur weg aus der Gymnasiumstraße, egal wohin, wenn nur in eine eigene Wohnung!

Also hatten die Eltern sich eines Tages auf den Weg gemacht, um dieses Angebot trotzdem zu überprüfen. Es sei dorthin ein langer Weg gewesen, berichteten sie hinterher, endlos die Straßenbahnfahrt über die große Brücke, man überquere den Fluss und die Überschwemmungswiesen. Dann ginge es weiter auf der stadtauswärts führenden Brünner Straße, die von trüben, zum Teil kriegsbeschädigten Vorstadthäusern, von Akazienbäumen und unbebautem Wiesengelände, ab und zu auch von den Hallen irgendeiner Fabrik begleitet würde.

Ja, und irgendwann, linker Hand, Nummer 63–65, gelange man plötzlich zu einem vier Stockwerke hochragenden Wohnbau.

»Wirklich kein schönes Haus«, schilderte Anna, »grau verputzt, mit winzigen Balkonen auf die staubige Brünner Straße hinaus, also das sicher nicht, dachten wir erst.«

»Und was denkt ihr jetzt?«, wurde weitergefragt.

Am großen Esstisch saß man bei Tante Minnie und Onkel Franz beisammen, um diesen eventuellen Umzug zu bedenken und zu bereden. Und auch Brigitte hatte man herbeigerufen, um als älteste Tochter bei neuen Entschlüssen mit dabei zu sein, sie hatte sich darüber gefreut und war nach dem Schulunterricht eilig mit der Straßenbahn hergefahren.

»Nun ja«, erzählte Anna weiter, »wir sind also in das Haus hinein. Man kommt dann in einen Hof, der aber zu Schrebergärten hin geöffnet ist – viel Grün plötzlich, wisst ihr – eine Teppich-Klopfstange, sogar ein Beet mit Schwertlilien –«

»Klingt aber nett«, warf Tante Minnie ein.

»Ja, es war hübsch – ganz anders als von der Straße her. Und auch im rückwärtigen Teil des

Hauses, in der Stiege 2, erster Stock, liegt also diese Wohnung. Nicht groß, aber ich denke groß genug. Vorzimmer, Bad, Küche, dann zwei recht große Zimmer hintereinander, und zuletzt noch eine Veranda.«

»Was ist eine Veranda?«, rief Erika, die neugierig auch mit am Tisch saß.

»Eine Art Balkon, aber wie ein Zimmer, mit Glasfenstern herum«, erklärte Josef, »und die bei uns schaut sogar in Bäume hinaus – Linden sind das, glaub ich.«

»Na wenn du bei der Veranda schon ›die bei uns‹ sagst«, der Onkel Franz lachte erfreut auf, »dann habt ihr euch also entschieden?«

»Ich weiß nicht«, sagte Josef und blickte Anna an, »sind halt nur zwei Zimmer – mit den drei Mädeln –«

Die Eltern sahen sich in die Augen, Schweigen herrschte.

»Ich glaube schon!«, rief Anna schließlich. »Ich glaube schon, dass wir die Wohnung nehmen! Sie ist hell und ruhig, Küche und Bad sind in Ordnung – wir müssen halt zusammenrücken – nur ein Schlafzimmer – ich weiß! Bedeutet halt ein Schlafsofa im Wohnzimmer. Und die Große ist ja noch bei der Oma, wegen dem Gymnasium – es ist ja nicht für ewig.«

Dass ihr nach Muttis »die Große ist ja noch bei der Oma« Tränen der Enttäuschung in die Augen stiegen, konnte Brigitte verbergen. Aber warum war sie überhaupt hinzugebeten worden?, fragte sie sich. Diese Entscheidung hatte ja nichts, gar nichts, mit ihr zu tun, die Familie würde ohne sie nach Floridsdorf ziehen, das war's!

Der Vater schien etwas sie Verdunkelndes bei seiner Ältesten wahrzunehmen, er beugte sich zu ihr hin.

»Du wirst jedes Wochenende zu Besuch kommen, klar!«, sagte er. »Und bei der Oma magst du's doch, Gitti, oder?«

Brigitte nickte. Was sonst konnte sie tun.

»Außerdem –« Josef sah sich mit plötzlichem Stolz in der Runde um. »Ich kann euch allen hier und jetzt etwas Neues mitteilen, nur die Mutti weiß es bis jetzt. Ich bekomme, wenn alles geregelt ist, voraussichtlich eine Anstellung bei den Stickstoffwerken in Linz, einen wirklich guten Posten!«

»Na sowas!«, rief die Tante Minnie aus. »Endlich! Ist ja prima!«

»Ja, endlich«, sagte Josef, »endlich wieder im Beruf, den ich gelernt habe. Aber ich muss dann wohl auch die Woche über in Linz bleiben, werde dort ein Untermietzimmer nehmen – und die Wohnung hier entlasten!«

»Na geh!«, rief Tante Minnie. »Doch nicht deswegen nach Linz!«

»Nicht deswegen«, sagte Josef, »aber im Moment fügt sich's ganz gut. Bin ja auch später jedes Wochenende da.«

»Anna! Dauernd ohne deinen Mann? Willst du das?«

»Hauptsache, Minnie, er kann wieder ordentlich arbeiten.«

Brigitte nahm sofort wahr, dass die Mutter der Tante so rau und so abschließend antwortete, als dürfe dieses Thema nicht mehr berührt werden. Also würde es so sein. Der Vater an den Wochentagen abwesend, nur Erika und Ingeborg würden mit Anna die Wohnung teilen. Umso dichter wäre aber am Samstag und Sonntag das Gedränge, wenn die ganze Familie plötzlich zusammenträfe. Ob es dann friedlich und freudig zugehen würde? Oder nicht eher gercizt, wie in den Kämmerchen in der Gymnasiumstraße?

Auf ihrer Rückfahrt zur Oma schaute Brigitte aus dem Straßenbahnfenster in die immer noch kriegsversehrte Stadt hinaus. Der Umzug nach Floridsdorf stand fest, das hatte die Gesprächsrunde in der Gymnasiumstraße letztlich ergeben. Sie aber wusste jetzt, dass ihr eigenes Leben wohl weiterhin fern der Familie stattfinden würde, weil man wieder zu wenig Platz für sie hätte. Sie musste sich wohl oder übel darauf einstellen, für ihre Eltern und Schwestern ein zeitweiliger Gast zu bleiben. Das Herz tat Brigitte weh, als wäre es ein körperlicher Schmerz, sie atmete tief ein und aus. Nicht weinen, befahl sie sich. Tränen könnten gegen all das nichts ausrichten. Besser, die Traurigkeit in sich verbergen und zu einem Geheimnis werden lassen, dachte sie. Ja, zu einem geheimen Raum, der nur mir gehört und für alle anderen unsichtbar bleibt.

Da es dunkelte, gingen die Lampen im Straßenbahnwaggon an, und Brigitte sah plötzlich ihr Gesicht im Fenster gespiegelt. Sie fand, dass es, obwohl blass, zwischen den beiden blonden Zöpfen recht hübsch aussah. Schaut gar nicht so aus, wie ich mich fühle, dachte sie. Also kann man mit seiner Traurigkeit neben den anderen Menschen so leben, als gäbe es sie nicht. Gut zu wissen.

Der Einzug in die Floridsdorfer Wohnung geschah also.

Brigitte bekam das neue Domizil erst zu Gesicht, als es bereits weitgehend in Besitz genommen und in Ordnung war. Die bei Tante Minnie nur vorübergehend und mit Mühe aufbewahrten Möbel hatten jetzt wieder ihren Platz gefunden und die Eltern mit

Feuereifer daran gearbeitet, in kürzester Zeit eine wohnliche Heimstätte zu erschaffen.

Brigitte sollte sich, als der Umzug vollendet war, davon überzeugen. Der Vater holte sie bei der Oma ab. Aber als sie an seiner Seite die lange Straßenbahnfahrt dorthin unternahm, war sie anfangs vom Überqueren der Donau auf der großen Brücke, dann dem Dahinrattern auf der langgezogenen Ausfallstraße und dem Anblick dieser rauen Vorstadt in Verwirrung geraten. Wohin hatte die Familie sich denn da verirrt, dachte sie. Josef lachte über ihren erschrockenen Blick. »Gitti! Schau nicht so! Alles nicht so arg, wirst sehen!«

Und so war es dann auch. Alles nicht so arg.

Anna, Erika und Ingeborg hatten sich auf ihren Besuch vorbereitet, die Wohnung wirkte gemütlich, war blitzend sauber, es gab eine Jause mit Apfelkuchen, man saß beisammen am selben Esstisch wie früher, wie vor dem Krieg, und alle waren frohgestimmt. Sie musste alles in Augenschein nehmen, das hübsche Badezimmer mit einer Badewanne, die nette Küche, dort ebenfalls die Küchenmöbel von früher, dann das Schlafzimmer mit den Ehebetten und dem Schlaflager der beiden Mädchen. Ein bisschen eng beisammen, dachte Brigitte, bewunderte aber alles.

Von Schwester Erika wurde ihr der Blick aus

der Veranda besonders ans Herz gelegt. »Schau, Gitti, der riesige Lindenbaum! Er wächst fast herein! Schön, gell? Im Sommer werde ich immer hier schlafen! Schau, das Sofa, ist von der Tante Minnie, passt gut für mich!«

»Ja, ist aber ein besonders schmales!«, warf die Mutter ein.

Dann eilte sie mit Brigitte ins Wohnzimmer zurück und wies stolz auf das dort befindliche Sofa hin. Es stand vor einem handgewebten, noch in Polen erworbenen Wandteppich, ein bunt gemusterter Überwurf bedeckte es.

»Schau, da wirst du schlafen, wenn du uns besuchst! Du weißt ja – es ist auch in Döbling immer dafür da gewesen, ab und zu darauf zu übernachten! Ist so groß wie ein gutes Bett!«

Brigitte nickte.

Jedoch Annas flüchtig hingeworfenes »wenn du uns besuchst« hallte in ihr nach.

Die Nachkriegsjahre brachten, schleppend, aber doch, allmählich ein wenig Gleichmaß in alles.

Der Vater arbeitete in Linz, Erika ging in Floridsdorf zur Schule, Ingeborg wuchs heran, und Brigitte quälte sich an Cousine Lisis Kandare weiterhin durch das Gymnasium. An den Wochenenden traf man oft in der Brünner Straße zusammen, es gab sonntägliche Schnitzel, man machte Ausflüge auf die Donauwiesen oder in den Wienerwald, und Brigitte, von Anna stets eindringlich hinzugebeten, war immer wieder dabei.

Sie übernachtete auch ab und zu auf dem gepriesenen Wohnzimmersofa, was jedoch zur Folge hatte, dass sie danach meist sehr müde in die Schlösselgasse zurückkehrte. »Was ist mit dir?«, fragte die Oma. »Schaust ja völlig verschlafen aus!« Aber Brigitte sagte: »Nichts ist, Oma, schaut nur so aus.« Gestand also nicht, dass sie stets erst einschlafen konnte, wenn alle anderen endlich im Bett waren – was sich oft hinzog. Und dass sie, noch wach, den Eltern mit fest geschlossenen Augen tiefen Schlaf vorspielte.

Sie wollte einfach niemanden kränken, wollte nicht quengeln, nicht anklagend auf ihre Situation als Außenseiterin hinweisen. Da nach Ende des langen Krieges die Eltern sich jetzt all dem immer noch Mühevollen mit einer gewissen Lebensfreude zu widmen versuchten, tat sie, was gefordert war.

Nur, was das Gymnasium ihr abforderte, konnte Brigitte einfach nicht erfolgreich liefern. Es blieb jedes Schuljahr auf Messers Schneide, ob es ihr gelänge, in die nächste Klasse aufzusteigen, und ohne den Ansporn von Lisi hätte sie jedes Mal versagt. Nun brachte aber dieser Austausch zwischen den Cousinen eine gewisse Hektik und Ruhelosigkeit in den häuslichen Alltag. Wenn die beiden Mädchen über Brigittes Hausarbeiten saßen, flüchtete die Oma meist in ihre Küche, wobei sie »Ist das ein Wirbel! Nicht auszuhalten!« stöhnte. Denn Lisi, sich mit glänzenden Noten der Matura nähernd, sparte nicht mit Schärfe und Lautstärke, um ihrer Cousine einzuhämmern, was diese partout nicht begreifen wollte. Brigitte war oft den Tränen nah, ab und zu konnte sie sogar nicht verhindern, dass diese ihr über die Wangen flossen. »Heul nicht«, sagte Lisi streng, »bemüh dich!«

Als dieses stetige und unerfreuliche Bemühen sie endlich denn doch die vierte Klasse abschließen ließ, stand fest, dass Brigitte nicht maturieren, sondern das Gymnasium verlassen würde.

»Was willst du denn gern erlernen?«, fragte Anna sie. »Hast du beruflich eine Idee?«

»Etwas mit schönen Kleidern«, sagte Brigitte.

Denn nach Jahren, in denen egal war, was die Leute trugen, Hauptsache, man hatte etwas am Leibe, war sie unlängst im Kino gewesen. Lisi hatte sie mitgenommen. Und da sah sie eine schöne und wunderbar gekleidete Frau. Greer Garson hieß die Schauspielerin. Und die trug nicht nur irgendetwas an Garderobe, nein, da sah Brigitte nach langer

Zeit wieder, wie eine Frau in eleganten Kleidern, in fein geschnittenen Kostümen aussehen und wirken kann. Ähnlich wie ihre Mutter damals in Lemberg. Wenn sie sich für eine Abendeinladung zurechtgemacht hatte.

»Du willst Schneiderin werden?« In Annas Frage schwang Erstaunen.

»Nein, nicht Schneiderin!«, rief Brigitte aus.

»Was dann?«

»Ich weiß nicht – etwas eben – das mit schöner Kleidung zu tun hat. Wie die Frauen im Kino sie tragen.«

»Ach so – du willst also etwas mit Mode zu tun haben? Du willst Kleider entwerfen?«

»Vielleicht – ich weiß es wirklich nicht genau –«

»Was wär's mit der Michelbeuern!?«, rief da die Mutter aus.

»Mit was?«

»Es gibt seit ewig eine Modeschule in Michelbeuern!« Anna wirkte plötzlich wie elektrisiert. »Ja, im neunten Bezirk, glaube ich, aber ganz nah von der Oma aus! Meine Freundin, die Inge, die hat dort studiert!«

»Die Tante Inge?«, fragte Brigitte.

»Ja, ihr kennt sie eh!«

»Vor dem Krieg war sie manchmal bei uns. War lieb.«

»Genau! Sie hat zwar früher manchmal für uns genäht oder geflickt, aber gelernt hat die Inge Mode! Hat sogar an der Michelbeuern maturiert, wenn ich mich nicht irre –«

»Ich will ja gar nicht maturieren«, sagte Brigitte schnell.

»Keine normale Matura, Gitti! Ist aber doch eine höhere Lehranstalt – oder wie man das nennt – mit irgendeiner Abschlussprüfung – ich muss die Inge mal fragen!«

Es entstand also aus Brigittes Sehnsucht nach schönen Kleidern, schönen Menschen, nach Schönheit im weitesten Sinn, ein neuer Lebensplan. Was aus der fiktiven Welt des Films nach ihr zu rufen schien, wurde der Weg in eine reale Gegebenheit. Man traf in der Floridsdorfer Wohnung mit Annas Freundin Inge zusammen, einer lebhaften Frau mit grauem Kurzhaarschnitt und heiteren Augen, die viele Zigaretten rauchte. Es gab Kaffee und sehr schnell Annas drängende Fragen. Brigitte saß schweigend dabei, aß vom Gugelhupf und hörte aufmerksam zu. Die Freundin gab gern und erfreut Auskunft. Man nahm wahr, wie gern sie in jungen Jahren »die Michelbeuern« besucht hatte, geriet sie doch richtiggehend ins Schwärmen. »Meine drei Jahre Studium dort – ich sage euch, eine herrliche Zeit!«, rief sie aus. »Und die Mode damals, ein Traum! Wir haben entworfen und selbst genäht, das war das Schöne! Man konnte seine eigene Kreation bis ins Letzte vervollkommnen! Ich weiß – das war klarerweise vor dem Krieg – aber sie sollen jetzt den Betrieb wieder aufgenommen haben! Ich kenne dort sicher noch von früher ein paar Leute, wenn du die Brigitte anmeldest, Anna, kann ich ja vorher –«

»Warte, Inge!«, unterbrach die Mutter den Übereifer ihrer Freundin und wandte sich ihrer Tochter zu.

»Was ist, Gitti? Willst du denn diese Modeschule Michelbeuern überhaupt besuchen?«, fragte sie eindringlich.

Will ich es denn?, dachte Brigitte. Sie fühlte den forschenden Blick beider Frauen auf sich gerichtet und wusste nicht recht, was sie antworten sollte. Nur weil ihr die schöne Kleidung der Greer Garson in den Sinn gekommen war, galt es jetzt für etwas eine Entscheidung zu treffen. In den Augen ihrer Mutter erblickte sie den geheimen Wunsch, sie möge ja dazu sagen.

Und so sagte sie es schließlich auch.

»Ja«, sagte sie.

Nach ihrem vierzehnten Geburtstag, der im August auf bescheidene Weise, nur im Kreis der engsten

Familie gefeiert wurde, besuchte Brigitte also ab dem Herbst die Lehranstalt Michelbeuern. Sie blieb bei der Oma wohnen. Tante Ritschi hatte einen Amerikaner geheiratet und war in die USA ausgewandert, Lisi, zurückgelassen, freute sich über die Anwesenheit ihrer Cousine. Außerdem lag Brigittes neue Schule wieder in der Nähe.

Sie dort erfolgreich anzumelden, war rasch und ohne Mühe möglich gewesen. Am ersten Unterrichtstag bestand Anna darauf, ihre Tochter zu begleiten. Als sie sich jedoch dem Eingangstor näherten, verlangte Brigitte mit einer für sie selbst erstaunlichen Entschiedenheit, alleingelassen zu werden. »Ich schaffe das schon, Mutti! Schau doch, die anderen kommen auch alle ohne Eltern!«

So betrat sie also das für sie Neue eigenständig. Nahm unbeeinflusst wahr, was es in der Michelbeuern zu erlernen und zu erfahren gab. Hauptsächlich waren es Mädchen, die hier studierten, aber vereinzelt gab es auch junge Burschen. Dass die auch schneidern würden, also das Nähen erlernen, verwirrte Brigitte anfangs. Schnell aber wurde es für sie zu einer vertrauten Gegebenheit – vor allem, weil sie selbst, ein Mädchen, damit die größte Mühe hatte! Um technische Übungen in der Kunst des Schneiderns zu bewältigen, musste sie immer wieder Anna, die gut nähen konnte, in Anspruch nehmen. Also hieß es nach Floridsdorf flüchten, die halbe Nacht mit einer geduldigen Mutter an der Nähmaschine oder mit Nadel und Faden zuzubringen, damit sie tags darauf völlig übermüdet ein anstandslos vollendetes Werk in der Michelbeuern vorweisen konnte. Eigentlich wollte ich ja nie im Leben Schneiderin werden!, dachte Brigitte nach diesen Anstrengungen jedes Mal erschöpft.

Aber nun befand sie sich ja in einer »Höheren Lehranstalt für Mode und Bekleidungstechnik« – also gab es neben der Bekleidungstechnik, mit der sie sich mühevoll herumschlug, eben auch noch die Mode, weshalb sie schließlich hierhergeraten war. Man unterrichtete auch das Entwerfen von Kleidung und Modezeichnen.

In diesen Lehrstunden fühlte Brigitte sich sofort viel mehr angesprochen. Immer schon, seit der Volksschule, hatte sie gern gezeichnet und galt als begabt. Ihrer kleinen Schwester Erika hatte sie geholfen, Papierpuppen herzustellen und dann mit Kleidern auszustatten, es war in der Nachkriegszeit der Ersatz für wirkliche Puppen mit wirklicher Kleidung gewesen.

Mit dieser Vorübung ausgestattet, machte das Modezeichnen ihr Freude. Und wer ihre Arbeiten rasch mit großer Aufmerksamkeit wahrnahm und sie lobte, war der Lehrer. Er hieß Roland Pleterski.

Ungewöhnlich wie seinen Namen empfand Brigitte auch sein Aussehen. Großgewachsen, das Haar wohlgepflegt, hatte er volle Lippen, ein gutes Profil, den eindringlichen Blick dunkler Augen unter wohlgezeichneten Brauen, und besonders schön fand Brigitte seine Hände. Sie waren kräftig und doch feingliedrig, waren exquisit gepflegt, wie alles an seiner Erscheinung. Immer war er tadellos gekleidet.

Was aber all dies aufbrach, war sein Lachen. Selten hatte Brigitte ein so sattes, unbekümmert lautes Lachen vernommen wie das ihres Lehrers. Bald konnte sie feststellen, dass vor allem die Schülerinnen davon angetan zu sein schienen, seine gutgelaunte und unverblümte Art, gerade weiblichen Wesen gegenüber, gefiel ihnen. Sie selbst fühlte sich davon eher eingeschüchtert. Noch nie zuvor hatte sie diese Nähe eines erwachsenen, gutaussehenden und überaus männlichen Mannes erfahren.

Und es war auch so, dass dieser Roland Pleterski ihr immer wieder erstaunlich nahe zu kommen schien. Wenn er ihre Figurinen überprüfte, beugte er sich über das Zeichenblatt stets so, dass sie seinen Atem im Haar fühlen konnte oder seine Arme dabei leicht ihre Schultern streiften. Jede dieser hauchzarten Berührungen ergriff aber auf seltsame Weise ihren ganzen Körper, es war ein Empfinden, das sie noch nie davor gehabt hatte, und sie mochte es nicht. Was hab ich denn!, schalt sie sich selbst, warum macht mich das nervös, wenn der Mann sowieso nur meine Zeichnungen anschaut!

Der Mann hingegen, ihr Lehrer Roland Pleterski, begann Brigittes Verwirrung wahrzunehmen und sie im Gegensatz zu ihr, seiner Schülerin, auch mehr und mehr auszukosten. Schon sein Lächeln, wenn er sich ihr näherte, hatte etwas, das über die Freundlichkeit eines Lehrers hinausging. Und mit der Zeit wurden seine anfangs zufälligen Berührungen ihres Körpers immer weniger zufällig.

»Sehr schön, Brigitte, aber –«

Wenn er das sagte, sich dicht an ihre Seite setzte und ein vor ihr auf dem Pult liegendes Zeichenblatt hochhob, wusste Brigitte allmählich, dass es dabei nicht nur um seinen korrigierenden Einwand zu Form oder Farbe des von ihr Gezeichneten ging, sondern vor allem, und mehr und mehr, um die dadurch entstehenden Möglichkeiten, sie zu berühren.

Und was Brigitte verstörte, war der Umstand, dass sie diese Form körperlicher Berührung allmählich auch zu erwarten begann. Sie diesen Austausch, vor den anderen Studierenden verborgen, langsam mehr als mochte. Sich fast danach sehnte. Und sich gleichzeitig dieser Sehnsucht wegen schämte.

Sie wusste nicht, was mit ihr los war, und konnte nicht wissen, dass sie, fünfzehnjährig, einem dreizehn Jahre älteren Mann mit ihren fühlbar ersten erotischen Empfindungen Lust auf ihr werdendes Frau-Sein machte.

Brigitte sprach mit keinem Menschen über diese Begleiterscheinung ihres Studiums an der Michelbeuern-Schule. Weder bei Oma und Lisi noch beim Besuchen ihrer Eltern und Schwestern verlor sie darüber ein Wort. Sie erzählte vom Unterricht, von den Näharbeiten, die sie allmählich ganz ohne Annas Beistand fertigbrachte, und vom Modezeichnen, das sie gernhätte. Jedoch fügte sie bei Letzterem nie auch nur eine Silbe über den Lehrer hinzu, und keiner fragte auch danach.

In den Ferien nahm sie an den unaufwendigen, ersten Nachkriegs-Urlauben teil, man fuhr in nahegelegene österreichische Dörfer oder auf Bauerngehöfte und genoss das einfache Landleben. Sowohl mit Großmutter und Cousine als auch mit ihrer eigentlichen Familie, der aus Floridsdorf, war sie sommerlich unterwegs.

Im August aber wurde in Wien ihr sechzehnter Geburtstag begangen, es war ausnahmsweise ein Zusammentreffen aller, man saß in einem Heurigenlokal bei Wein und Limonade, Anna hatte eine Torte fabriziert und dorthin mitgebracht, »Hoch soll sie leben« wurde gesungen, sechzehn Kerzen musste Brigitte ausblasen, und man applaudierte. Aber sie selbst dachte bei dieser Feier hauptsächlich an das nahende nächste Schuljahr. Ob sie jetzt wohl erwachsen geworden war?

Denn dieser Roland Pleterski hatte sich vor dem Sommer mit einer Umarmung von ihr getrennt, die sie nicht vergessen konnte. Auch quittierte er ihr Ungeschick dabei mit seinem unbekümmerten, aber leisen Lachen.

Es war eine verwirrende Verabschiedung gewesen, und deshalb lag das nächste Studienjahr teils bedrohlich, teils verheißungsvoll vor Brigitte. Sie wusste zwischen diesen beiden Erwartungshaltungen nicht zu unterscheiden und fühlte sich vom Wechsel ihrer Empfindungen aufgerieben.

Schließlich war es dann wieder so weit, das Herbstsemester begann. Brigitte wanderte von Omas Wohnung zur Michelbeuern-Schule, gemessenen Schrittes und immer wieder tief Atem holend, ihr war, als würde sie sich selbst zum Schafott führen. Zum Schafott oder in ein neues Erleben.

Die Studierenden strömten in das Gebäude, und Brigitte, mitten unter ihnen, begrüßte einige Teilnehmer ihres Jahrganges, mit denen sie sich mittlerweile angefreundet hatte. Jedoch ehe sie eines der

Klassenzimmer betreten konnte, stand ihr mitten am Gang Roland Pleterski gegenüber. Wie ein Fels in der Brandung stand er da, ließ die Mädchen und Burschen an sich vorbeiströmen und schaute Brigitte mit seinem breiten Lächeln entgegen. Es war offensichtlich, dass er sie erwartete. Nur sie. Und nicht sie, die Schülerin, sondern sie, die Frau.

Und noch am selben Tag, als sie sich auf dem Weg zu einem der Werkräume befand, gelang es ihm, ihr auf dem Gang allein zu begegnen. Als sie voreinander standen, nahm er ihr Gesicht in beide Hände und küsste sie. Brigitte selbst hielt still, sie fühlte seine Lippen auf den ihren, wusste nicht, ob sie das ersehnt oder befürchtet hatte, und verharrte in diesem Kuss, gelähmt vor Verwirrung. Als er sich wieder löste, betrachtete der Mann sie mit hellem, vergnügtem Blick. Als gäbe es längst ihrer beider Übereinstimmung. Es schien für ihn das zu geschehen, worauf er sich einen Sommer lang vorbereitet hatte.

Als Brigitte weiterging, geschah es mit ähnlicher Schwäche wie nach einem Ohnmachtsanfall. Sie wankte zur nächsten Unterrichtsstunde, sank dort auf einen Sessel, lächelte blass, wenn jemand sie ansprach, und fühlte sich nicht wirklich anwesend.

Jedoch blieb sie vorerst noch unbeachtete und brave Schülerin der Michelbeuern-Modeschule.

Auch Oma und Cousine Lisi sahen in ihr nichts anderes. Und am Wochenende, in Floridsdorf zu Besuch, zwangen freundliche Fragen sie dazu, Oberflächliches zu berichten, ja, alles sei interessant und lehrreich und gefiele ihr nach wie vor.

In den Stunden für Modezeichnen, wenn es darum ging, unter den Augen ihres Lehrers Roland Pleterski zu arbeiten, blieb dieser ihr auf verborgene Weise bedrängend nah, wie im Jahr davor. Sein Blick umfasste sie wie einen Besitz, Brigitte fühlte ihn körperlich.

Eines Tages, als sie sich auf den Heimweg machen wollte, folgte er ihr. Seine Hand auf ihrer Schulter hielt sie auf.

»Wollen wir noch ein bisserl beisammenbleiben?«, fragte er.

»Beisammenbleiben?«, ihre Stimme war scheues Echo seiner unbekümmert heiteren Bestimmtheit.

»Ja, bei mir zu Hause! Mein Freund Toni, mit dem ich die Wohnung teile, ist verreist. Ich wäre so gern ganz nah mit dir beisammen. Du nicht auch?«

Brigitte starrte ihn an. Wäre sie das? Ihm gern ganz nah?

»Wirst du zu Hause erwartet?«, fragte er, und sie schüttelte den Kopf.

»Ja dann!«, lachte er.

Und sie folgte ihm. Ging neben ihm weiter. Ihr junges Leben lang war sie gewohnt, folgsam zu sein, für andere Bedürfnisse da zu sein. Auch hatte man nie etwas von ihr verlangt, das sie nicht bereit gewesen wäre, zu geben. Diese Bereitschaft, sich zu fügen, war wohl auch Ursache, dass sie mitging. An der Seite des Mannes blieb. Aber es war nicht nur das. Nicht nur Gefügigkeit. Sie wusste ebenso, dass sie, und nur sie, sich jetzt auf etwas einließ.

Er hatte den Arm um sie gelegt, schritt kräftig aus und sprach auf sie ein. Brigitte fühlte ihn neben sich, fühlte seinen Atem, und fühlte das Drängende seines Wunsches. Er wird jetzt mit mir schlafen wollen, dachte sie mit seltsamer Klarheit. Es war nicht so, dass sie ahnungslos mit ihm ging, sie ahnte alles, sie trug Angst, aber auch Erregung in sich.

Es war nicht allzu weit zu dem Haus am Donaukanal, hin zu seinem Zimmern in einer Altbauwohnung dort. Eine schwere Haustür, dann die abgetretenen Steintreppen hoch in das dritte Stockwerk, dann ein Wohnungseingang, ein Flur, und dann die beiden Räume, deren Fenster zu dem in der Tiefe fließenden Gewässer und den Uferbäumen hinausführten.

Brigitte nahm nur wahr, dass es hier nichts Hässliches gab.

Einfache Möbel, helles Licht.

Das Bett unter einer bunt gemusterten Überdecke, farbige, ineinandergreifende Kuben und Kreise.

Der Mann sprach hier nicht mehr viel.

Er flüsterte nur noch: »Hab keine Angst, es wird wunderschön«, hob sie hoch, trug sie auf dieses Bett, streichelte sie, küsste sie und drang irgendwann in sie ein.

Brigitte wusste nicht, ob es wunderschön gewesen war, jedoch empfand sie es auch nicht als quälend. Ein klein wenig tat es weh, aber nicht sehr. Und er, der Pleterski, stöhnte so wild und wohlig, dass ihr das auf seltsame Weise auch ein wenig Erregung vermittelte. Wenn dieses Miteinander-Schlafen, von dem nur Cousine Lisi ihr einmal geheimnisvoll berichtet hatte, so einen Aufruhr auszulösen in der Lage war, musste es letztlich doch etwas Gewaltiges sein, dachte Brigitte. In ihr selbst gab es keinen Aufruhr. Aber wie dieser Mann sie danach koste, ihr zärtliche Namen gab, dann übergangslos neben ihr einschlief, das fand sie sogar schön. Sie lag ruhig neben diesem Menschen, der ihr ja fremd war, und fühlte eine Nähe, die sie in ihrem Leben kaum erfahren hatte. Als Kind vielleicht. In Brasilien damals, woran sie ferne Erinnerungen hatte. Dort war es vielleicht so warm und wild gewesen, am Meer, und in den Armen ihres Vaters. Jedoch seit dem Krieg, und es war fast immer Krieg gewesen, und jetzt, aus dem Familienverband in Omas Obhut gedrängt, war ihr nichts mehr zärtlich nah gekommen. So wie vorhin dieser Mann, ihr Lehrer, der Pleterski. Sie betrachtete sein Gesicht. Es gefiel ihr. Die dunklen Brauen. Der volle Mund.

Als er die Augen öffnete und in ihren Blick geriet, lächelte er.

»Jetzt bist du meine Frau«, sagte er.

Brigitte lächelte auch, aber schwieg.

»Ich werde bei deinen Eltern um deine Hand anhalten«, fuhr er fort. Da erschrak sie.

»Was –? Bei meinen Eltern?«

Er lachte wieder sein volles Lachen.

»Wie du schaust, Liebes!« Dann fuhr er sachlicher fort. »Ja, wenn wir heiraten wollen, muss ich natürlich erst mal deine Eltern fragen, du bist schließlich – – noch sehr jung.«

Minderjährig wollte er nicht sagen, dachte Brigitte, aber hat er eigentlich mich schon wirklich gefragt? Will ich es denn?

Roland Pleterski schien ihre Gedanken zu erraten. Er näherte sein Gesicht, sah ihr tief in die Augen und flüsterte mit zärtlichem, aber auch ein wenig diebischem Lächeln: »Wertes Fräulein, wollen Sie mich denn überhaupt heiraten?«

Da lächelte auch Brigitte. Hier, im Bett liegend, den nackten Mann neben sich, dieser Heiratsantrag! Es kam ihr vor wie eine lustige Film-Situation, die wenig mit ihr selbst zu tun hatte.

Aber der Mann sprach weiter, und plötzlich klang alles dringlich und ernst, sein Lächeln war geschwunden.

»Willst du mit mir in ein Leben aufbrechen, das wir uns schön und reich gestalten werden? Weg aus einer uns umgebenden Welt voller Spießer, weg aus dem Nachkriegsschatten, hinaus in eine gemeinsame Zukunft? Jetzt, wo endlich Frieden ist? Willst du diesen Weg mit mir gehen, meine Gitti?«

Zum ersten Mal nannte er sie Gitti, wie ihre Eltern, und seine Fragen schienen einem erwachsenen Menschen zu gelten, nicht mehr einem sehr jungen Mädchen. Das erfasste Brigitte.

Sie, und nur sie, war hier gemeint. Diese Fragen galten ihr. Und beeindruckten sie. Gern würde sie ja ihr jetziges Leben hinter sich lassen. Gern hinausgehen in eine gemeinsame Zukunft – so, wie er es formuliert hatte.

»Ja«, antwortete sie nach einer kurzen Pause, »ja, ich will das.«

Da schloss der Mann sie ungestüm in seine Arme, küsste sie und drang wieder in sie ein. Was noch weniger weh tat als zuvor, ihr sogar ein weiches Empfinden vermittelte. Danach blieben sie umschlungen liegen und Brigitte fühlte seinen Herzschlag.

»Liebst du mich denn?«, fragte er leise.

Sie schwieg. Es verwirrte sie, das beantworten zu müssen. Sie hatte einem gemeinsamen Aufbruch zugestimmt, aber noch nicht an Liebe gedacht. Jedenfalls nicht an die Liebe, die sie sich vorgestellt und vielleicht auch erträumt hatte. Wie sie in Hollywood-Filmen vorkam.

»Gitti? –«, fragte der Mann nochmals leise.

»Ich glaube schon«, fühlte sie sich schließlich verpflichtet zu sagen.

Da lachte er wieder auf, ganz nach seiner Art. Die ihr eigentlich gefiel. Sie mochte es, wie er lachte. Immer schon.

»Das wird werden, glaub mir's«, sagte er dann, wieder ernst geworden, »ich weiß doch schon längst, dass du mich liebst. Dass wir uns lieben. Deinen Eltern müssen wir das klarmachen, es wird der nächste Schritt sein. Aber nicht gleich, verstehst du?«

Brigitte sah ihn fragend an. Was sollte sie verstehen?

»Erst müssen wir uns noch tiefer erfahren. Damit du mir noch tiefer vertraust. Und in der Michelbeuern müssen wir noch eine Weile so tun als ob.«

»Als ob –?«

»– wir nach wie vor nur Lehrer und Schülerin wären.«

Brigitte starrte den Mann an. Dieses »als ob« war ihr unheimlich.

»Sie meinen, ich –«, begann sie, aber er unterbrach.

»Du heißt das jetzt, Gitti! Ich bin der Roland für dich! Und ja – wir lassen uns noch etwas Zeit. Wenn es dann passt, werde ich deine Eltern ganz offiziell besuchen und um deine Hand anhalten. So, wie es sich gehört.«

»Ich – ich soll meinen Eltern vorher gar nichts sagen?«

»Lieber nicht. Du kündigst einfach nur meinen Besuch an.«

»Sie werden erschrecken!«

»Keine Angst, meine Gitti! Ich mach das schon!«

Es dauerte, bis es zu diesem Besuch Rolands bei Brigittes Eltern kam. In der Michelbeuern ging der Unterricht weiter, sie beide blieben allem Anschein nach Lehrer und Schülerin, die geheime Liebes-Verbindung immer gekonnter verbergend. Auch Brigitte erlernte zu ihrem eigenen Erstaunen, sich zu verstellen, sie litt kaum noch an dieser Geheimhaltung. Auch bei Oma und Cousine Lisi gelang ihr, sich nichts anmerken zu lassen, ebenso bei der Familie in Floridsdorf. Sie blieb für alle ein junges, unerfahrenes Mädchen, niemand erahnte, dass sie mittlerweile zur Frau geworden war.

Und das helle Zimmer am Donaukanal – immer wieder die Stunden körperliche Nähe auf dem Bett dort – und auch Toni, den Mitbewohner – all das lernte Brigitte immer näher kennen, es wurde ihr vertraut, wurde Teil ihres Lebens. Die in Rolands Wohnung verbrachten Stunden erklärte sie als Studienzeit in der Modeschule, und niemand forschte hinterher, allseits wurde es als Gegebenheit akzeptiert.

Bis es Winter wurde.

Bis es Roland schließlich an der Zeit fand, die Eltern Brigittes damit zu konfrontieren, ihre erst sechzehnjährige Tochter ehelichen zu wollen. Ein Vorhaben, das Brigitte verwirrte. Sie fühlte sich von der plötzlich nahenden Verwirklichung dessen, was für sie wie ein verborgener Traum ablief, seltsam aufgestört und beunruhigt.

»Was soll ich ihnen denn sagen? Warum dein Besuch, jetzt auf einmal?«, fragte sie.

»Ganz einfach! Weil ich mit ihnen über dich sprechen möchte!«, lautete seine unbekümmerte Antwort.

Als Brigitte es so ihren Eltern sagte, klang es jedoch nicht unbekümmert, sondern gequält. Und ihre Ankündigung wurde auch mit besorgtem Erstaunen aufgenommen.

»Was ist denn los?« Anna schüttelte den Kopf. »Seit wann kommen Professoren zu den Schülern nach Hause, wenn sie etwas zu sagen haben?«

»Hast du – hast du dir vielleicht etwas zuschulden kommen lassen?«, fragte der Vater vorsichtig. »Es macht nichts – sag's uns ruhig!«

»Nein!«, schrie Brigitte. »Es ist nichts Schlimmes! Er will euch halt etwas erklären! Kann er denn morgen Nachmittag kommen?«

»Ja, gut, reg dich doch nicht auf!«, beruhigte Anna erstaunt ihre sonst so besonnene Tochter. »In Ordnung, Gitti, morgen also! Zur Jause, ja? Ich mach zum Kaffee einen Apfelkuchen.«

Brigitte nickte, beschämt über ihre eigene Aufwallung. Dann versuchte sie, die Stimmung wieder zu glätten.

»Ich geh aber morgen vorher mit Erika eislaufen, der Kalupner ist jetzt zugefroren«, verkündete sie. Ihre jüngere Schwester liebte diesen kleinen See auf der Überschwemmungswiese neben dem Fluss, der den seltsamen Namen »Kalupner« trug, sie wusste, dieser Vorschlag würde Freude auslösen.

»Ja! Fein!«, rief Erika auch gleich aus, »Ich bin in diesem Winter noch überhaupt nicht Schlittschuh gelaufen!«

Anna jedoch wirkte verunsichert.

»Vor der Jause? Muss das sein?«

»Bitte!«, jammerte Erika.

»Seid aber rechtzeitig zurück! Wo doch dann schließlich der Professor zu Besuch kommt!«

»Aber klar, Mutti!«, versicherte Brigitte.

Es war sehr kalt und sie fror. Stand aber mit ihren viel zu leichten Winterstiefeln am verschneiten Ufer des kleinen Sees und winkte Erika immer wieder zu, wenn die zu ihr herlachte. Die kleine Schwester segelte begeistert mit ihren an den Schuhen angeschraubten, schweren Kufen über das buckelige Eis des zugefrorenen Gewässers, war stolz, mit dieser schlichten Ausrüstung kaum zu stürzen, und genoss das winterliche Vergnügen. Auch andere Kinder aus der Umgebung frönten hier auf schlichte Weise dem Eislauf-Sport. Zumeist waren es solche, deren Eltern sich einen künstlich angelegten Platz, glattes Eis und teure Schlittschuhe nicht leisten konnten, aber an Spaß und Fröhlichkeit fehlte es auch hier nicht, die hellen Stimmen, das übermütige Schreien und Lachen bewiesen es. Von der fernen Donaubrücke war Verkehrslärm zu hören, und über die Wiesen bis hin zum Fluss strich ein eisiger Wind.

Brigitte trug nur einen dünnen Wintermantel und presste ihre Arme gegen den Körper, um ihn ein wenig vor der Kälte zu schützen. Einen Wollschal hatte sie um Gesicht und Hals gewickelt, und sie stampfte ab und zu mit den Füßen auf, um nicht zu Eis zu erstarren. Jedoch all dies ließ sie weniger frieren als die Gewissheit, eigentlich längst zu Hause sein zu müssen. Warum sie hier herumstand und Erika nicht zur Heimkehr rief – sie wusste es nicht. Eine Lähmung schien sie ergriffen zu haben. Ihr war klar, dass Roland jetzt bei den Eltern saß – sicher war er pünktlich erschienen – dass man sich wunderte, wo sie blieb – und dass er wohl ohne Scheu das tun würde, was er vorhatte: den Eltern sagen, dass er sie, Brigitte, heiraten wolle. Sie selbst hingegen fühlte sich plötzlich unfähig, dem standzuhalten. Der Verblüffung oder gar dem Entsetzen standzuhalten, mit dem Mutter und Vater diese Eröffnung aufnehmen würden. Die ja davor nicht die leiseste Ahnung von ihrem Liebesverhältnis gehabt hatten, für die sie nach wie vor nichts anderes war als ein Schulmädchen. In welch einen Abgrund von Unverständnis würden sie bei diesem Heiratswunsch eines nicht mehr jungen Mannes wohl stürzen! Brigitte war zu Mute, als müsse sie sich hier in Schnee und Eis verkriechen, irgendwo Zuflucht suchen vor dieser Welle aus Verlegenheit und Scham.

»Gitti, mir ist jetzt aber kalt!«, sagte da Erika neben ihr. »Das war heute genug Eislaufen, wollen wir nicht heimfahren?«

Die kleine Schwester hatte unbemerkt die Eisfläche verlassen, selbst die eisernen Kufen von ihren Schuhen geschraubt und sah jetzt forschend zu Brigitte hoch. »Du hast mich gar nicht gehört, wie ich vom Eis hergerufen hab, über was denkst du denn nach? Und überhaupt. Du schaust schon ganz erfroren aus! Ganz blau! Außerdem ist dein Professor doch sicher schon da!«

»Ja! Erika! Entschuldige!« Brigitte fühlte sich wie aus einem bösen Traum in ihre Verantwortlichkeit zurückgerissen. »Jetzt wirklich nichts wie nach Hause! Komm, laufen wir, es kommt gerade eine Straßenbahn über die Brücke!«

Sie packte Erikas Hand, beide rannten los, erreichten gerade noch rechtzeitig die Station und saßen dann aufatmend nebeneinander im dahinrumpelnden Waggon.

»Magst du deinen Professor denn nicht?«, fragte Erika nach einer Weile. »Weil du ihn so lang allein zu Hause warten lasst? Was redet er denn mit Vati und Mutti?«

»Ach Erika«, sagte Brigitte leise, »im Gegenteil, ich mag ihn – aber das verstehst du noch nicht.«

»Was versteh ich nicht?«

»Gleich wirst du es erfahren.«

»Aber was denn?«

»Warte nur noch, bis wir zu Hause sind.«

Als Brigitte die Wohnungstür aufschloss und mit Erika den schmalen Korridor betrat, hörte sie durch die offene Tür zum Esszimmer heitere Stimmen und gleich Rolands lautes, volles Auflachen. Das erstaunte sie.

Zögernd ging sie weiter, zog Erika mit sich, beide betraten den Raum und standen unvermutet vor Apfelkuchen, Kaffeeduft und drei vergnügten Menschen, deren ungetrübte Gesichter sich ihnen zuwandten.

»Gitti!«, rief ihre Mutter. »Da seid ihr ja endlich! Ganz verfroren schaut ihr aus! Jetzt aber die kalten Klamotten und Schuhe ausziehen, und her zu uns!«

Die Mädchen stolperten nochmals ins Vorzimmer, entledigten sich der Winterkleidung, kamen dann an den Tisch zurück und setzten sich.

Wieso sind alle so lustig?, dachte Brigitte. Hat Roland noch nicht gesagt, was er sagen wollte?

»Der Herr Pleterski meint, dass du so begabt bist«, der Vater sagte es mit Stolz, »und so reif für dein Alter. Das hören wir natürlich gern!«

»Wie schön, dass er dich zu seiner Assistentin machen möchte!«, fügte Anna mit Begeisterung hinzu. »Du hast uns ja von dem allen nichts gesagt! Typisch deine Bescheidenheit. Was in der Michelbeuern sich Tolles für dich ergeben hat!«

Brigitte schwieg und sah zu Roland hin, der sie anlächelte.

»Ich habe mich, während wir auf dich gewartet haben, so fantastisch mit deinen Eltern unterhalten!«, sagte er dann. »Gitti! Was für ein Glück! Was für wunderbare Menschen das sind! Du hast mir ja nie von Brasilien erzählt. Und dass du dort geboren bist.«

Brigitte sagte weiterhin kein Wort. Ihr war leicht übel geworden. Das war es also. Roland hatte bisher um den heißen Brei herumgeredet. Über ihre angebliche Begabung! Seinen Wunsch, sie zu seiner Assistentin werden zu lassen! Jedoch noch keine Silbe über das eigentliche Vorhaben. Ich werde ihm nicht beistehen, dachte sie. Wenn er es nicht tut – von mir erfahren die Eltern nichts über seinen Heiratswunsch. Vielleicht ohnehin besser so. Soll er der charmante Professor bleiben und ich seine begabte Schülerin, streichen wir den Rest.

Um Gleichmut vorzutäuschen, wollte Brigitte nach einem Stück Apfelkuchen greifen. Aber ehe ihr das gelang, beugte Roland sich ein wenig vor und legte über den Tisch hinweg seine Hand auf die ihre.

»Liebe Pluhar-Eltern«, sagte er, »jetzt wo eure Gitti endlich mit uns ist, müssen wir beide euch noch etwas ganz anderes wissen lassen. Und euch eine ernste Frage stellen.«

Sein plötzlich feierlich gewordener Ton erstaunte Anna und Josef, und auch Erika und die kleine Ingeborg, alle wurden auf erwartungsvolle Weise still und schauten ihn an. Brigitte aber war zu Mute, als schwänden ihr die Sinne, eine tiefe Ohnmacht wäre ihr mehr als willkommen gewesen. Jetzt redet er doch!, dachte sie, und so schrecklich feierlich, und ich muss mitbekommen, wie Vati und Mutti das aufnehmen, oh Gott, muss dabei sein, ob ich will oder nicht.

»Folgendes –«, begann Roland. Aber erst nach einer kleinen Pause fuhr er fort. »Etwas ist geschehen, etwas Erstaunliches und Wunderbares. Brigitte und ich – ich weiß, dass uns einige Jahre trennen – wir lieben uns. Mit Leib und Seele. Und das kann auch der Altersunterschied uns nicht mehr rauben. Ich bitte euch also innig und ernsthaft um die Hand eurer Tochter.«

Während er sprach, hatte Brigitte die Augen krampfhaft gesenkt gehalten. Lautlose Stille herrschte. Als sie jetzt den Blick hob, sah sie Mutter und Vater so fassungslos schauen wie noch nie zuvor. Als hätte der nette, normale Professor sich vor beider Augen in einen Außerirdischen verwandelt. Einen Alien.

Etwas daran fand Brigitte plötzlich komisch, sie musste ein Kichern zurückhalten. Was sie gleichzeitig erschreckte. Das kommt wohl davon, dass ich völlig hysterisch bin, dachte sie. Und blieb so sitzen, wie sie dasaß, Rolands Hand auf der ihren. Alle schwiegen.

»Sie wollen Gitti – also – Sie wollen unsere Tochter heiraten?«

Mit einer Stimme, die ihm nicht recht gehorchte, stellte Josef schließlich diese Frage.

»Ja«, antwortete Roland.

Da wandte Anna sich mit einer heftigen Bewegung an Brigitte.

»Aber du – Gitti, du! – sag, willst du das auch?«

Ich muss jetzt ja sagen, dachte Brigitte.

»Ja«, flüsterte sie.

»Aber – Kind!« Die Mutter wurde laut. »Du bist sechzehn Jahre alt! Wie konnte es denn überhaupt bis dahin kommen? Liebst du diesen Mann denn wirklich? Ist das für ein so junges Mädchen wie dich überhaupt möglich? Weißt du – ahnst du es denn nur im Geringsten –, was lieben und heiraten letztlich heißt? Was das mit sich bringt?!«

Annas Fragen überstürzten sich, ihr Gesicht hatte sich gerötet, sie schien den Tränen nahe zu sein. Brigitte tat es plötzlich weh, die Mutter leiden zu sehen. Am liebsten hätte sie Anna umarmt und getröstet, jedoch gab Roland ihre Hand unter dem festen Druck der seinen nicht frei. Hingegen ergriff er selbst jetzt mit warmer und begütigender Stimme das Wort.

»Liebe, liebe Frau Pluhar«, sagte er, »ich verstehe Ihr Erstaunen, auch wie ungläubig Sie sind – aber trotzdem – bitte glauben Sie mir – glauben Sie uns – dahinter steckt kein Zwang, keine Ungebührlichkeit – ja, Brigitte ist sehr jung, und ich bin es nicht mehr. Aber das Leben hat uns zusammengeführt. Es geht oft andere Wege als die, die man erwartet. Und unerwartet ist mit uns beiden das geschehen, was geschah.«

Stille herrschte um den Tisch.

Die kleineren Töchter hatten mit offenem Mund gelauscht, Vater und Mutter regungslos zugehört, und sogar Brigitte staunte, wie fein und einprägsam Roland all das erklärt hatte, was ihr selbst als noch nicht wirklich durchschaubar und allzu überraschend erschienen war. Mit ein paar Sätzen gelang es ihm, einen Dschungel aus widerstrebenden Gefühlen für sie in einen überschaubaren Garten der Liebe zu verwandeln. So kam es ihr vor.

Und auch die Eltern blickten jetzt weniger düster, die Mienen hatten sich erhellt, man griff zur Kaffeetasse und trank einen Schluck, etwas wie ein Aufatmen geschah.

Roland löste jetzt seine Hand von der Brigittes und lächelte sein charmantestes Lächeln in die

Runde. Die kleine Schwester Erika lächelte verlegen zurück. Dann wandte sie sich unversehens ihrer Mutter zu.

»Mutti – was ist denn los mit ihm und der Gitti?«, fragte sie.

Auch Anna versuchte jetzt zu lächeln, aber gleichzeitig seufzte sie auf.

»Ach Erika«, sagte sie nur.

»Was denn?« Erika blieb hartnäckig. »Die Gitti hat mir auch nichts gesagt! Was will er denn, der Professor?«

»Er will mich heiraten«, antwortete jetzt Brigitte. Plötzlich fiel ihr leicht, das auszusprechen.

»Heiraten? Dich?«

»Ja.«

»So richtig? Wie eine Frau?«

»Ich bin ja eine Frau«, antwortete Brigitte tapfer.

»Ach Gitti –«, seufzte Anna.

»Und wann, Herr Pleterski, stellen Sie sich diese Heirat vor?«, ertönte plötzlich in sachlichem Ton die Frage des Vaters, der bislang geschwiegen hatte. Alle Köpfe wandten sich ihm zu. Roland lachte auf.

»So bald wie möglich! Und bitte, Vati – sag Roland zu mir!«

Von diesem Winternachmittag an wurde Brigittes Leben ein anderes. Zwar besuchte sie noch eine

Weile die Michelbeuern, wohnte auch weiterhin bei Oma und Cousine Lisi, jedoch begann sich jegliches zu verändern.

Nachdem die Eltern also dieser Heirat ihrer so jungen Tochter mit dem um einiges älteren Mann zugestimmt hatten, war es Letzterer, der kaum Zeit verstreichen ließ, sie zügig in die Tat umzusetzen und diese auch allseits bekannt werden zu lassen. Ja, Roland war es, der jegliches vorantrieb. Bald wusste man in der ganzen Familie Bescheid, er bemühte sich darum, jedes Mitglied kennenzulernen, beide Großeltern, alle Tanten, Onkeln und Cousins. In der Direktion der Schule gab er schon nach wenigen Tagen bekannt, diese gemeinsam mit der Schülerin Brigitte Pluhar zwecks Heirat demnächst zu verlassen.

Das allgemeine Erstaunen, welches die Nachricht erregte, war für Brigitte anfangs schwer zu ertragen, es wurde zu einer Anforderung, der sich zu stellen sie Schritt für Schritt erlernen musste. Bei ersten ungläubigen Blicken, Ausrufen, über dem Kopf zusammengeschlagenen Händen, ja sogar zynischem Grinsen oder abwertenden, kritischen Bemerkungen – sie meinte jedes Mal vor Scham im Erdboden zu versinken. Bis sie mehr und mehr Erfahrung darin gewann, all dies mit einem ungerührt heiteren Gesicht zu beantworten und sich besonders innig bei Roland einzuhaken.

Wer dieses Ereignis jedoch – nach dem eiskalten Tag auf der Donauwiese und dem Heiratsantrag bei Kaffee und Kuchen danach – ab nun besonders »toll« fand, war Schwester Erika. Sie bewunderte mittlerweile diesen Professor, der ja jetzt Roland hieß. Bei seinen Besuchen, wenn man zu Tisch saß, verfolgte sie, wie er im Gespräch auch seine Hände, die ihr besonders wohlgeformt erschienen, gebärdenreich sprechen ließ. Und der bevorstehenden Hochzeit sah sie entgegen wie einem gelebten Märchen, Schwester Gitti darin die Prinzessin!

Brigitte selbst jedoch erlebte einiges in dieser Zeit weniger märchenhaft. Das Verhalten von Direktion und Lehrpersonen, als sie beide, Professor und Schülerin, den Besuch der Michelbeuern-Schule abbrachen, war mehr als unerfreulich. Hätte Roland ihr nicht mit seinem unermüdlichen Lachen, mit einem fröhlichen »Mach dir nichts draus!« zur Seite gestanden, hätte dieses peinigende Ende ihrer Schulzeit sie wohl verfolgt. So aber entwarf er sofort leuchtende Pläne für ihrer beider Zusammenleben und seine künftigen beruflichen Vorhaben, und das ließ sie die erlittene Beschämung schnell wieder vergessen.

Bald danach packte sie auch bei der Oma ihre Habseligkeiten und zog aus. Der Abschied war zwar tränenreich und vom Bedauern aller Beteiligten begleitet, aber gleichzeitig wurde dadurch schließlich für Cousine Lisi in Omas Wohnung wieder mehr Platz geschaffen.

Und dieses Motiv, in räumlich beengten Wohnverhältnissen durchaus verständlich, war ebenso bei den Eltern fühlbar. Die Bereitschaft, sie, die Sechzehnjährige, gerne zu Roland ziehen zu lassen. Verbunden mit der Erleichterung, nicht mehr mit schlechtem Gewissen ringen zu müssen, weil die Tochter »ausquartiert« wurde, sondern sie einem erwachsenen Mann anvertrauen zu können, den sie zu lieben schien und der jetzt für sie sorgen würde.

Also lebte Brigitte sehr bald, und noch vor der Hochzeit, in der Wohnung am Donaukanal. Sie schlief neben Roland in seinem breiten Bett, sah täglich die Bäume unter dem Fenster sich mit Frühlingslaub füllen, bereitete das gemeinsame Frühstück zu, befreundete sich dabei in der Küche mit dem netten, ihr sympathischen Freund Toni, sie putzte, wusch und bügelte, und wurde, ohne es wirklich wahrzunehmen, Ehefrau.

Roland Pleterskis Mutter wohnte südlich von Wien im Städtchen Wiener Neustadt, und dort lernte Brigitte sie auch eines Tages kennen. Mila hieß sie, war eine etwas gedrungene, kräftige Frau, stets stark geschminkt, das Haar unerbittlich schwarz gefärbt, und die erste Begrüßung ihrer künftigen Schwiegertochter fiel nicht allzu herzlich aus. Jedoch lebte sie seit Jahren alleinstehend und zurückgezogen in dieser Provinzstadt, ihre ganze Liebe für den stets in der Ferne weilenden Sohn bewahrend und in Einsamkeit alternd. Brigitte erfühlte rasch diese aus einem Mangel an Zuwendung resultierende Herbheit der Frau und konnte sich mit ihr befreunden.

»Gitti, dass du mit meiner Mama so lieb bist«, sagte Roland nach ihrer beider erstem Besuch, »sie hat mit nichts Glück gehabt, auch nicht mit meinem Vater, und ich war auch immer weg. Lass sie uns öfter besuchen.«

Und so geschah es auch. Immer wieder wanderte das Paar mit Mila von Wiener Neustadt aus durch nahgelegene Föhrenwälder, oder sie besuchten gemeinsam die ebenfalls nicht weit entfernten Höhenzüge um Rax und Schneeberg und machten kleine Bergtouren mit ihr.

Manchmal fuhr Brigitte sogar allein mit der Bahn hin und zurück, um ihrer Schwiegermutter einen Besuch abzustatten. Denn Roland musste sich – auch aus finanziellen Gründen – dringend beruflich neu orientieren, und eine ansprechende Tätigkeit in einem bekannten Wiener Modesalon namens »Adlmüller« kündigte sich an.

Jedoch vor allem bereitete er auch die Hochzeit vor, so, wie sie ihm vorschwebte. Eine kirchliche Eheschließung sollte es sein, und er wählte dafür die Kirche Maria am Gestade, dieses gotische Meisterwerk inmitten der Stadt. Selbst entwarf er das Kleid für seine junge Braut, einen Traum aus weißem Brokat.

Dass sein Entwurf auch von fähigsten Händen verwirklicht werden konnte, lag an der sich festigenden Verbindung zu dem berühmten Modeschöpfer Fred Adlmüller, in dessen Boutique »Stone & Blyth« er absehbar für Auslagengestaltung, Verkauf, aber auch Modeentwurf arbeiten würde. Adlmüller ließ Brigittes Hochzeitskleid in seinen eigenen Werkstätten fertigen. Als sie für Anproben dorthingehen musste, war Roland stets an ihrer Seite und überprüfte mit strengem Auge, dass ihre schlanke Figur, ihr schmaler Hals voll zur Geltung kam. Es wurde ein Brautkleid mit hohem Stehkragen und weit gebauschtem Rock, also nichts mit Spitze und Schleier, sondern wirklich eher die Robe einer Märchenprinzessin. Auch ein von Roland entworfenes und fachmännisch hergestelltes Krönchen passte in dieses Bild, Brigitte solle nur dieses auf ihrer glatten Kurzhaarfrisur tragen, bat er, und sie gehorchte ihm gern.

Zu beobachten, wie ihr künftiger Ehemann in gehobenen Modeboutiquen auf selbstbewusste und für alle Angestellten kompetent wirkende Weise seine Wünsche und Anweisungen kundtat, ließ Brigitte seltsam stolz auf ihn werden. Viel mehr, als er sie je als Lehrperson beeindruckt hatte, war sie jetzt von seinem künftigen beruflichen Wirken angetan. Jetzt hatte das alles mit schönen Kleidern, mit Mode und strahlender Weiblichkeit zu tun, mit dem, was ihr ehemals nach Kinobesuchen und entsprechenden Filmen so sehr gefiel, dass Anna und Tante Inge sie stracks in die Michelbeuern-Schule geschickt hatten. Befreit vom Zwang, vor allem eine gute Schneiderin werden zu müssen und ständig an einer Nähmaschine zu sitzen, liebte sie jetzt an Rolands Seite diese seine Welt, die der Mode und der Modeschöpfer.

Und noch etwas fügte sich allmählich hinzu. Roland begann zu fotografieren. Sein Freund Toni Neunteufel hatte ihn dazu angeregt, und es erwies sich – vorerst auf einer alten Rolleiflex Baujahr 1930 – sehr schnell seine überraschende Begabung.

Und sehr schnell kam es auch dazu, dass er und Toni in der gemeinsamen Wohnung ein Fotostudio improvisierten. Auf eine Zimmerwand gespannte weiße Leintücher boten den passenden Hintergrund, gerade noch funktionierende Scheinwerfer, die sie einem armseligen Kellertheater abgekauft hatten, dienten als Beleuchtung. Und Brigitte wurde als erstes Fotomodell hinzugebeten. In verschiedener Gewandung, mehr oder weniger geschminkt, aufrecht stehend, sitzend oder auf Kissen lagernd – unzählige Fotografien von ihr entstanden. Und sie sah sich plötzlich so, wie es ihr ein Spiegel noch nie vermittelt hatte, sie sah eine schöne junge Frau auf diesen Bildern. Das stärkte sowohl ihr Selbstbewusstsein als auch ihre Liebe zu diesem Mann, den sie heiraten würde.

Es war ein strahlender Sommertag, an dem die Hochzeit schließlich stattfand. Brigitte wurde von der Wohnung am Donaukanal bis zur Kirche Maria am Gestade in einem Taxi befördert. Sie hatte sich davor, ein wenig zitternd vor Erregung, mit Rolands Hilfe in die zauberhafteste junge Braut verwandelt, die man sich vorstellen konnte. Das fand ihr künftiger Ehemann, das fand sein Freund Toni. Und das fand schließlich Brigitte selbst, als sie sich, weißschimmernd umhüllt, mit weit gebauschtem Rock, das Krönchen auf dem Haar, im großen Vorzimmerspiegel wahrnahm, ehe man losfuhr. Kurz blieb sie stehen und betrachtete, was sie da sah. Das bin ich, dachte sie. Diese hübsche Braut da vor mir, das bin ich. Ich werde heiraten. Mein Leben beginnt vielleicht erst jetzt.

Vor dem Kirchenportal stand erwartungsvoll die Schar der Familienmitglieder und nahestehender Freunde. Rolands Mutter Mila war natürlich anwesend, von allen freundlichst aufgenommen, und jeder war so festlich gekleidet, wie seine Nachkriegsgarderobe es zuließ. Während das Braut-Taxi sich näherte, begann aus dem Inneren der Kirche die Orgel zu ertönen, und die Gäste folgten ihrem Ruf. Der Bräutigam und Freund Toni, als Trauzeuge fungierend, beide elegant in geliehenen Smokings, halfen Brigitte an der Freitreppe aus dem Auto, ehe sie vorauszugehen hatten.

Da stand sie vor der hohen, dunklen Kirchenfassade, selbst eine schmale, weiße Gestalt. Und wer jetzt an ihre Seite trat, auch in seinem besten Anzug, war der Vater. Es schien ihn verlegen zu machen, seiner Tochter den Arm zu reichen.

Sie blickten einander an.

»Ach Gitti«, sagte er leise, »so früh das alles –«

»Macht nichts, Vati«, antwortete sie, »ich bin erwachsen genug.«

»Bist du sicher –?«

»Ja, Vati. Bin ich.«

Brigitte sah Tränen in den Augen ihres Vaters.

Sie ergriff seinen Arm und drückte ihn fest an sich.

»Komm, gehen wir. Ich glaube, man wartet auf uns.«

Da nickte Josef, und langsam stiegen sie die Treppe zum Eingang hoch. Als sie das Kirchenschiff betraten, empfingen sie dröhnende Orgelklänge und die ihnen aus den Bänken zugewandten, zumeist strahlenden Gesichter der Menschen. Vorne, am Altar, sah Brigitte die große Gestalt Rolands sie erwarten. Er sah wirklich schön aus in diesem Smoking, schlank und männlich, er gefiel ihr sehr. Sie musste zwar aufpassen, mit dem weiten, langen Brokatkleid ohne Zwischenfall auf ihn zuzuschreiten, aber was überwog, war diese plötzliche Feierlichkeit, von der sie erfasst war. Beim Vorbeigehen erblickte sie Erikas verzückte Miene, das Mädchen schien die Hochzeit ihrer Schwester wie ein Märchen zu erleben.

Und ein wenig erging es Brigitte selbst auch so. Ein Märchen.

Nicht Wirklichkeit.

Die Vermählung vor dem Altar verlief so, wie es sein sollte. Der von Roland bestellte Priester sprach ein paar feierliche Worte, das »Ja« wurde gesprochen, vom Bräutigam mit Festigkeit, von Brigitte etwas scheuer, die Ringe wurden getauscht und auch der übliche Kuss. Durch das Spalier der Gäste trat das Paar ins Freie, Glückwünsche umschwirrten sie, Arm in Arm schritten sie die Freitreppe abwärts und dann die Gasse weiter in ein nur wenige Meter entferntes Gasthaus. Roland hatte dieses bescheidene, jedoch alteingesessene Lokal beim Inspizieren der von ihm gewählten Kirche als wunderbar passend entdeckt und dort ein geräumiges Extrazimmer für die Hochzeitsfeier gemietet. Es gab eine lange Tafel, es gab Bier und Wein, es gab zu essen und zuletzt auch eine Torte, und sogar spielte ein Bekannter Tonis auf der Ziehharmonika zum Tanz auf.

Brigitte bewunderte all die Vorbereitungen Rolands, von denen sie wenig gewusst hatte. Ihre Frage, wie er das alles bezahlen könne, hatte er lachend unbeantwortet gelassen. Also ließ sie sich als zur Ehefrau gewordene Braut feiern, tanzte mit ihrem Vater sogar einen schwungvollen Linkswalzer, den er gekonnt beherrschte, das brokatene Brautkleid wirbelte um sie her und man lächelte ihr zu.

Wer ständig einen Liebesfilm zu betrachten schien, das war Erika. Als Brigitte eng umschlungen auch mit Roland tanzte, sah sie deren Blick. Leuchtend vor Anteilnahme verfolgte das zwölfjährige Mädchen alles, was ihre Schwester und diesen

Mann ausmachte, erste Sehnsüchte schienen dabei für sie Gestalt anzunehmen.

Nun, da dieses Ehebündnis also kirchlich sanktioniert und festlich gefeiert worden war, hatte sich jegliche Erregung, es sei unbotmäßig, eine erst Sechzehnjährige diesem viel älteren Mann anzuvertrauen, gelegt. Für alle in der Familie oder im Bekanntenkreis, die vielleicht heimlich über Missbrauch oder Pädophilie getuschelt haben mochten, verlor sich dieses Thema völlig. Brigitte war jetzt junge, glückliche Ehefrau mit seriösem Ehemann, und basta. Keiner rüttelte mehr daran.

Und sie selbst fühlte sich auf das angenehmste von diesem Einverständnis mit ihrer Lebenssituation umgeben.

Sie mochte die Wohnung am Donaukanal, und da man sie mit einem guten Freund teilte, machte die Beschränkung auf das eine Zimmer und die gemeinsam genutzten Räume wie Küche und Bad ihr keinerlei Mühe. Tagsüber war sie oft sich selbst überlassen, denn Roland hatte jetzt tatsächlich eine feste Anstellung in der Boutique Stone & Blyth und begann gleichzeitig immer intensiver fotografisch zu arbeiten. Beruflich und finanziell schien sich alles gut zu entwickeln, er wirkte selbstbewusst und fröhlich, und wenn er zu Brigitte heimkam, waren sie beide ihrer Liebe und Ehe froh. Eine tiefe

Zusammengehörigkeit hatte sich eingestellt, sowohl geistiger als auch körperlicher Natur. Brigitte schlief immer lieber mit ihrem Mann, und gleichzeitig mochte sie seine künstlerischen Fähigkeiten, die Art, wie er zeichnete und wie er fotografierte.

Wer gerne und so oft sie konnte in die Wohnung am Donaukanal zu Besuch kam, war Schwester Erika. Immer wieder nahm sie gleich nach den Schulstunden am Gymnasium die Straßenbahn stadtwärts, um dann bei Brigitte zu essen, mit ihr zu plaudern und Rolands Heimkehr mit ihr gemeinsam zu erwarten. Für sie waren »Gitti und Roland« etwas ganz Besonderes geworden, ein Traumpaar!

Erika ging ja brav ins Gymnasium, war eine gute Schülerin, aber der Randbezirk Floridsdorf bot eben wenig Kulturelles, ins einzige Kino, genannt »Weltbild«, konnte man gehen, und damit hatte es sich.

Hingegen erlebte Erika, von Schwester und Schwager dorthin mitgenommen, sogar den sogenannten »Strohkoffer«. Es war dies ein erstes Künstlerlokal, das nach dem Krieg seine Pforten öffnete. Obwohl man kaum von einer Pforte sprechen konnte, eher war es eine Art Durchschlupf, der sich auftat, und dahinter lag ein mit Schilfmatten ausgelegter, nicht sehr geräumiger Saal, in dem dichtes Gedränge herrschte und Stimmen sich wild überschlugen.

Brigitte selbst kannte den »Strohkoffer« auch erst seit kürzerer Zeit, erst seit Roland ihr dieses ihm wohlbekannte Lokal präsentiert hatte. Und sie war natürlich höchst angetan davon gewesen, hier bekannte Schauspieler und Schauspielerinnen, Maler, wunderschöne Mannequins, Musiker, Sänger und Sängerinnen, Teile des Ensembles von Burg und Oper, also die Crème de la Crème der wiedererstandenen Nachkriegskultur zu erspähen. Als sie ihrer Schwester Erika davon erzählte, lauschte diese verzückt. Und hörte ab diesem Moment nicht mehr auf, einen Besuch im »Strohkoffer« zu erflehen.

Anfangs hatte Brigitte es als unmöglich verneint, dann gezögert, und wer letztlich den Anstoß gab, Erika diesen Wunsch zu erfüllen, war Roland.

»Soll sie doch mitkommen, Gitti!«, sagte er fröhlich. »Du wirst sie ein bissel zurechtmachen, niemand wird finden, sie sei zu jung fürs Künstlermilieu!«

Es wurde also ein Besuch beschlossen. Ein Samstag musste es sein, der Schule wegen. Eher spät abends dieser »Strohkoffer« – und Erika würde danach bei Brigitte und Roland übernachten.

Atemlos vor Begeisterung war sie, als es also endlich so weit war. Sie trug ihren einzigen dunklen Rollkragenpullover, mit ein wenig Lippenstift und Puder hatte Brigitte ihr Gesicht erwachsener gestaltet. Und als sie zu dritt den von Menschen erfüllten Raum betraten, leuchtete sie vor Freude, endlich in diese seltsame Welt der Kunst aufgenommen zu werden.

Eine kleine Bühne gab es, auf der ein Jazz-Ensemble unermüdlich musizierte. Trotzdem diskutierten, rauchten und tranken die Gäste, der ganze Raum schien zu vibrieren und war in Rauchschwaden gehüllt. »Schau, Gitti – schau, die Judith Holzmeister!«, raunte Erika ihrer Schwester aufgeregt zu, als sie die schöne, junge und berühmte Burgschauspielerin erspähte. »Und neben ihr – Gitti! – das ist der Curd Jürgens!«

Brigitte beobachtete ihre begeisterte Schwester mit Liebe.

Ein wenig auch mit der Liebe einer Mutter. Oder mütterlichen Freundin. Es freute sie zutiefst, Erikas Beglückung zu erleben, deren leuchtende Freude, sich hier zwischen Künstlern oder zumindest künstlerischen Menschen zu befinden.

Im Übrigen empfand sie selbst sich als junge Ehefrau in einer ihr neuen Geborgenheit angekommen. An Rolands Seite war sie fraglos dort zu Hause, wo sie auch hingehörte. Nicht Gast, nicht Untermieter, nicht Flüchtling, nicht Notfall, nein, neben ihm, in seinen Armen, war Heimat und Sicherheit.

Zwar oft bei der Familie in Floridsdorf zu Gast – zwar oft von Schwester Erika aufgesucht, die ab und zu auf einem Klappbett bei ihnen übernachtete – sie selbst war es jetzt, die man besuchte oder um einen Besuch bat.

Roland schien sich beruflich wohl zu fühlen, sein Verdienst reichte aus, ihnen beiden ein Leben ohne sonderliche finanzielle Probleme zu gewähren. Vor allem, weil sie bei Freund Toni Neunteufel zur Untermiete wohnen blieben, also nicht die Unkosten einer eigenen Wohnung zu tragen hatten. Und das Fotografieren nahm immer mehr Raum in ihrer ehelichen Gemeinsamkeit ein. Brigitte wurde Rolands bevorzugtes Fotomodell. Und sie schaffte es immer gekonnter, sich vor der Kamera seinen Wünschen anzupassen und dabei dennoch auch ihren eigenen Vorstellungen und Ausdrucksmöglichkeiten zu gehorchen. Wie eine neue berufliche Ausbildung empfand sie es.

Brigitte, die sich selbst nie als besonders hübsch eingestuft, ja hässlich gefühlt hatte, gewann auf diese Weise viel weibliches Selbstvertrauen. Auf Rolands Fotografien erblickte sie plötzlich eine schöne Frau, nicht mehr die blasse dünne Gitti – und das gab ihr Lebensmut.

Österreich war immer noch von den vier Großmächten besetzt. Floridsdorf war russische Zone, die Wohnung in der Brünner Straße konnte man kaum ohne die Wahrnehmung dieser Soldaten und des riesigen rotleuchtenden Sterns über der »Usia«, einem Einkaufsladen der Sowjets, besuchen.

Die Nachkriegszeit hatte Wien nach wie vor in den Fängen.

Jedoch, wie Menschen eben geschaffen sind, suchte man allseits, in allen Bereichen, wieder in eine ersehnte Normalität zurückzukehren. Man hungerte und fror nicht mehr kriegsbedingt, das Leben gewann, in bescheidenem Ausmaß zwar, aber doch wieder ein wenig Wohlergehen. Die Veränderung zum immer Besseren lag irgendwie in der Luft. Irgendwann würde Österreich ja wieder »frei« sein, die Besatzungsmächte würden das Land verlassen. Demokratische Bemühungen begannen sich merkbar zu festigen, der weiterhin vorhandene Bestand von Nazis tat bereits auf unsichtbar.

Vater Josef war jetzt, seinem Studium entsprechend, bei den Stickstoffwerken in Linz kaufmännisch tätig, konnte seine Familie ernähren, und dass die älteste Tochter finanziell anderweitig versorgt war, hatte eben auch sein Gutes. Brigitte meinte bei ihren Besuchen in Floridsdorf diese Erleichterung zu fühlen, liebevoll, jedoch wie eine erwachsene Besucherin nahmen die Eltern sie auf.

Und auch ihr Ehemann Roland wurde dabei herzlichst in die familiäre Gemeinschaft eingereiht. Man mochte seine Eleganz, sein unbekümmertes Lachen – und seine Fotografien. Alle gerieten sie irgendwann vor seine Fotolinse, es gelangen ihm unübliche Porträts, die seine Künstlerschaft verrieten. Und dass er stets, zu Anlässen oder einfach nur so, beim gemeinsamen Essen oder bei Spaziergängen, den Fotoapparat bei sich hatte, wurde zum Selbstverständnis.

Nur Brigitte wusste, wie sehr Roland sich jedoch im Bereich der Fotografie zu schulen und zu perfektionieren bemühte. Es nicht als ein liebgewordenes Hobby betrachtete, um Angehörige und Freunde zu erfreuen. Es war ihm ernst mit der Foto-Kunst, sie wurde mehr und mehr sein künstlerischer Ausdruck und Weg.

Und das sollte auch der Anlass dafür werden, dass er die Lebensrichtung für sich und seine Frau entschieden veränderte. Dass auch Brigitte eines Tages wieder gänzlich Neuem, Unerwartetem gegenüberstand, das sie dazu aufforderte, sich vom Leben auf andere Weise weitertragen zu lassen.

»Schau, Gitti«, sagte Roland eines Sonntags, als sie nebeneinander auf dem Bett lagen, sie selbst einen Simenon-Krimi las und er – was er gern und oft tat – in Modezeitschriften blätterte. »Bitte schau dir an, wie dieser Irving Penn Mode fotografiert!« Er schob die aufgeschlagene Seite einer französischen »Vogue« zu ihr hinüber. Immer bemühte er sich um exquisite ausländische Journale, egal wie teuer sie ihn kamen, um das Modegeschäft nicht nur im recht biederen Wiener Nachkriegsstil wahrzunehmen. Und wirklich sah Brigitte jetzt ein Schwarz-Weiß-Foto erlesenster Qualität. Schön das Mannequin, wunderbar der Stil des Kleides, und vor allem dieses über eine Fotografie hinausgehende Flair, diese Eleganz der Bild-Komposition.

»Ist das ein berühmter Fotograf?«, fragte Brigitte.

»Der Beste!«, rief Roland. »Lebt in der Nähe von New York, in einer Farm auf Long Island, und die Frau auf dem Foto ist seine Frau, sie heißt Lisa Fonssagrives und ist in diesen Tagen das berühmteste Fotomodell!«

»Sehr schön ist sie«, sagte Gitti.

Beide schwiegen, das Foto betrachtend.

»Das wäre es«, sagte Roland plötzlich.

»Was?«, fragte Brigitte.

»So zu arbeiten.«

»Du meinst – du?«

»Ja, ich.«

Roland schwieg nochmals.

»Weißt du, Gitti«, brach es dann aus ihm, »der mir gewogene, nette Modeschöpfer Adlmüller – gut und schön! – ab und zu ein anständiges Mode-Foto in einer unserer Zeitschriften – gut und schön! – Aber das hier! – Schau doch! – Schau, wie dieser Penn Mode fotografiert – wie Mode wirken kann – wie sehr da Mode zur Kunst wird – dazu müsste man weg aus Wien – das geht so eben nur in New York!«

Brigitte betrachtete ihren Mann, der, weiterhin das Irving-Penn-Foto anstarrend, nicht zur Ruhe zu kommen schien. Sein Atem ging heftig.

»Ich will nach New York«, sagte er plötzlich. Er sagte es mit einer Bestimmtheit, die Brigitte aufhorchen ließ.

»Wie?«, fragte sie. »Eine Reise dorthin machen?«

»Nicht nur.«

»Was dann?«

»Ich möchte dort leben. Ich möchte Irving Penn kennenlernen. Ich möchte nicht hier in Wien versauern.«

Brigitte schwieg. Aber sie fühlte den plötzlichen wilden Ernst hinter seinen Worten.

»Gitti«, sagte er nach einer Weile. Sehr ernst sagte er nur ihren Namen.

»Ja?«, fragte sie leise zurück.

»Würdest du mit mir nach New York ziehen?«

Sie schaute ihn an.

»Du meinst – auswandern?«

Da erklang wieder sein volles Lachen.

»Na ja – so kann man's auch nennen«, sagte er dann.

»Aber wie, Roland? Einfach weg aus Wien? Und wohin denn in New York? Wohin genau würdest du denn wollen? In dieser großen fremden Stadt?«

Roland nahm Brigitte in die Arme, ehe er ruhiger weitersprach.

»Schau, Liebste – unser Freund Toni hat viele Bekannte dort – ich hab schon mal mit ihm ganz locker so eine Art Idee besprochen. Ich müsste halt im Voraus einen Job finden – am besten wär's gleich im Umfeld von Penn – das könnte man vielleicht schon von hier aus angehen, bei meiner derzeitigen Position im Modegeschäft und in der Fotografie – Nur, Gitti! – wichtig ist mir jetzt vor allem, ob du dir das auch vorstellen könntest? Wien zu verlassen? Deine Familie? Und mit mir nach Amerika zu gehen?«

Brigitte löste sich aus Rolands Umarmung, richtete sich auf und sah ihm prüfend in die Augen.

»Mit dir nach Amerika?«, fragte sie.

»Ja.«

»Nur wir zwei?«

»Ja.«

»Für immer?«

»Vielleicht, ja?«

Brigitte wandte sich von ihm ab, stieg aus dem Bett und blieb nachdenklich mitten im Zimmer stehen

Amerika, dachte sie.

Amerika. Fern und unerreichbar. Nach dem Krieg wie geträumt, ein Paradies. Schokolade gab es dort und Kaugummi. Der herrlichste Platz auf Erden, voll lustiger Soldaten und zufriedener Menschen. Die tollsten Filme mit schönen Frauen in zauberhaftesten Kleidern kamen von dort. Bilder stiegen in Brigitte hoch, all diese fantastischen Vorstellungen, die man sich machte und an die man sehnsüchtig glaubte, wenn man »Amerika« dachte. Keine kaputten Städte, keine Trümmer, kein Hunger, keine Armseligkeit. Nur Friede, Freude und Wohlergehen. Freies, frohes, ungebundenes Leben. Warum nicht dorthin. Anders als hier im Grau der Nachkriegszeit dort ein Leben in Schönheit und Sorglosigkeit finden.

Nach einer Weile fragte Roland vorsichtig nach.

»Also – wie siehst du das, Gitti?«

Sie wandte sich ihm zu.

»Werden wir zwei es gut haben in Amerika? Wie die anderen Menschen dort auch?«

»Ich werde alles dazu tun, dass wir zwei es dort gut haben! Wie die anderen Menschen dort auch!«

Brigitte kletterte wieder ins Bett zurück und lehnte sich an Rolands Schulter. »Wenn du so gern nach New York willst«, sagte sie, »dann will ich das auch.«

Nach diesem aus sonntäglichem Ausruhen entstandenen Gespräch des Ehepaares, das sich unbeabsichtigt, jedoch mit Plötzlichkeit, einer neuen Lebensentscheidung genähert hatte, wurde alles anders.

Es wurde Roland Pleterski ernst damit.

Er wollte Wien verlassen.

Der Bereitschaft seiner jungen Ehefrau, ihn zu begleiten, sicher – noch einige Male fragte er sogar mit einer gewissen Strenge bei Brigitte nach und erntete weiterhin ihre Zustimmung – begann Roland bereits in den folgenden Wochen mit Hilfe seines amerikaerfahrenen Freundes beruflich seine Fühler auszustrecken. Toni Neunteufel war es ja gewesen, der ihn – fast scherzhaft zu Beginn – mit seiner alten Rolleiflex überhaupt dazu angeregt hatte, zu fotografieren, und der jetzt, als Geschäftsmann mit dem New Yorker Modewesen nicht unvertraut, eine Verbindung zum weltbekannten Fotografen Irving Penn herzustellen wusste. Nach Übersendung mehrerer besonders gelungener Fotoarbeiten Rolands nach New York wurde die Möglichkeit einer

Assistentenstelle in dessen Fotostudio allmählich mehr als nur eine Utopie.

Und eines Tages sagte Irving Penn zu. Roland Pleterski wäre als einer seiner Assistenten in New York willkommen.

Brigitte ließ Roland bei all diesen Bemühungen gewähren, ohne sich in irgendeiner Weise einzumengen. Ohnehin berichtete er ihr auch vom kleinsten Schritt in die Richtung dieses von ihm heftig geplanten, gemeinsamen Aufbruchs, und sie war stets aufmerksame Zuhörerin. Aber nicht mehr. Ein seltsamer, leiser Unglaube blieb in ihr, so, als erzähle man ihr ein Märchen. Ein aufregendes Märchen, ja. Aber eines, in dem sie nicht vorkam.

Erst als Roland eines Tages strahlend verkündete, alles habe sich in seinem Sinn gefügt, die Abreise sei fixiert, New York erwarte sie beide, begann ihr die Realität dieses Schrittes bewusst zu werden. Und dabei vor allem die Aufgabe, ihn ihren Eltern, ihrer Familie als unverrückbar mitzuteilen. Als eine Entscheidung, die sie mit ihrem Mann getroffen hatte und an der nicht mehr zu rütteln war.

Es geschah schließlich bei einer familiären sonntäglichen Jause in der Floridsdorfer Wohnung. Alle saßen um den runden Tisch, von Anna mit den goldgeränderten Tassen aus urgroßmütterlichem Besitz gedeckt, es gab Apfelstrudel und einen Gugelhupf, die Kaffeekanne wurde herumgereicht, dazu Schlagobers, die kleine Ingeborg bekam Kakao, es wurde lebhaft geplaudert – nur Brigitte saß schweigend dabei.

Roland hingegen war lebhaft, sein Lachen war unüberhörbar. Er hatte eines seiner Fotos mitgebracht, auf dem sich alle locker und wie zufällig nebeneinander befanden, ein Familienfoto also, das nicht der Norm entsprach, entstanden bei einem Ausflug an die Donau, auch Mila war dabei, jeder blickte in eine andere Richtung, trotzdem war es ein Gruppenbild, das von Zusammengehörigkeit erzählte.

»Was du für Fotos machst«, sagte Josef, »so anders halt, wie normale Fotos nie sind.«

»Weil sie eben künstlerisch sind, Vati!«, belehrte Anna ihn sofort. »Davon verstehst du eben nichts. Fotografie kann auch Kunst sein.«

Nach diesen Worten ihrer Mutter fand Brigitte plötzlich, es sei der geeignete Moment, um einzugreifen. Ohne lang zu überlegen und mit lauter Stimme sagte sie: »Genau. Deshalb geht er auch nach New York.«

Alle verstummten und starrten sie an.

Anna war die Erste, die ihre Stimme wiederfand.

»Waaas?«, fragte sie entgeistert. »Roland geht nach New York?«

»Ja. Und ich gehe mit ihm«, antwortete Brigitte.

Wieder herrschte Stille. Ratlose Gesichter umgaben den Tisch. Als hätte Gitti, doch an sich stets vernünftig, plötzlich vor aller Augen den Verstand verloren.

»Wohin um Gottes willen willst du gehen, Kind?«, fragte Anna nach einer Weile vorsichtig, als spräche sie zu einer Kranken. »Nach New York willst du? Nach Amerika? Wieso das denn?«

Jetzt war es Josef, der schließlich ruhig zur Sache kam.

»Heißt das – ihr wollt auswandern?«, fragt er.

»Ja, Vati! Genau!«, rief da Brigitte erleichtert aus. »So, wie du damals – wie ihr – nach Brasilien ausgewandert seid! Dein Beruf hat dich doch dorthin getrieben!«

»Na ja«, brummte Anna dazwischen, »nicht nur der Beruf –«

»Egal«, fuhr Brigitte leidenschaftlich fort, »ihr wolltet jedenfalls ein anderes Leben, wolltet weg aus dem, was euch umgeben hat, und das will der Roland jetzt eben auch, er hat das wunderbare Angebot, mit dem besten Modefotografen der Welt dort in New York zu arbeiten, stellt euch das vor! Sowas muss er doch ergreifen!«

»Und was ist mit dir?«, fragte Anna.

»Mit mir?« Brigitte wandte sich ihrer Mutter zu.

»Wieso fragst du das? Ich bin seine Frau, ich fahre natürlich mit ihm!«

»Natürlich! Als seine Frau! Wie unglaublich natürlich – –!«

»Anna! Sei jetzt nicht zynisch!«, unterbrach Josef sie da mit ungewohnter Strenge. »Nur weil du in Brasilien nicht heimisch werden konntest – lass unsere Gitti doch ihren Weg gehen! Ihr Mann wird schon auf sie aufpassen.«

Roland, der bislang den Disput schweigend mitverfolgt hatte, mengte sich jetzt ein.

»Da könnt ihr sicher sein!«, sagte er, und in seiner Stimme schwang Wärme und Stolz. »Ich werde auf eure Tochter nicht nur aufpassen, ich werde ihr die Welt zu Füßen legen, wir werden tolle Menschen kennenlernen, es wird sich alles so fügen, dass es zu eurer Freude sein wird!«

Alle schauten Roland nach diesen wuchtigen Worten erstaunt an. Brigitte fand zwar das mit »ihr die Welt zu Füßen legen« ein wenig übertrieben, aber dass er ihrer beider gemeinsame Zukunft so leuchtend beschwor, gefiel ihr.

»Na hoffentlich!«, sagte Anna hingegen trocken, »So arg pathetisch muss es gar nicht werden, die Hälfte davon genügt!«

Das löste Gelächter aus, von allen erleichtert genutzt, Rolands feierliche Emphase wieder zu zerstreuen, und wer am lautesten lachte, war er selbst. Und Josef erzeugte mit dem väterlichen Standard-Satz »Unseren Segen habt ihr also!« sogar Bravo-Rufe.

Die von Brigitte so befürchtete Eröffnung, die Familie zu verlassen und ein neues Leben fern der Heimat zu beginnen, wurde so in Windeseile zu einem Faktum. Sicher würde der Abschied schwerfallen. Sicher würde man einander vermissen. Jedoch gab es keinerlei Groll und keine Ablehnung. Besonnen, ein wenig wehmütig und heiter saßen alle wieder um den Jausentisch.

Nur in Erikas Augen sah Brigitte plötzlich Tränen. Sie setzte sich zu ihr. »Was ist denn? Es gibt doch keinen Grund, traurig zu sein!«

»Doch«, flüsterte Erika, »so weit weg seid ihr dann. Am anderen Ende der Welt. Dort kann ich euch nie besuchen.«

»Sicher kannst du das eines Tages! Uns besuchen!«

»Eines Tages heißt immer eine Ewigkeit. Wenn man das sagt.«

Still betrachtete Brigitte ihre Schwester.

»Weißt du was?«, sagte sie dann. »Weißt du, was wir machen? Du wirst mir regelmäßig Briefe schreiben! Alles, was dir zustößt, was immer du erfährst. Wie eine Art Tagebuch, ja? – Und ich werde dir immer antworten!«

Erika wischte Tränen aus ihren Augen und hob den Blick.

»Ja, das mache ich, Gitti«, antwortete sie dann. »So lange du auch wegbleibst, ich werde dir immer alles schreiben. Wie man dem lieben Gott schreiben würde.«

Und das tat Erika – ich also – dann auch durch viele Jahre. Meine Briefe an Brigitte waren die Vorläufer meines jahrzehntelangen Tagebuchschreibens, ich konnte als Mädchen, als junge Frau anhand unseres Briefwechsels den Anforderungen des Heranwachsens, meines sich dem Theater, der Schauspielerei nähernden Lebens gefestigter standhalten.

Und sie, meine Schwester, fand ihr Leben in New York. Roland Pleterski arbeitete tatsächlich bei und mit Irving Penn, die Männer befreundeten sich. Seine Frau, die schöne Lisa Fonssagrives, entwarf gemeinsam mit Brigitte Mode. Fotos entstanden, auf denen auch meine Schwester wohl keinem Model an Schönheit nachstand. Fotografie bestimmte alles. Pleterski, später auch mit dem Studio Ted Croners fusioniert, wurde zu seiner Zeit ein erster Fotograf.

Wie aber das Frauenleben meiner Schwester weiterhin verlief, entzieht sich der Möglichkeit meiner – bei aller Fiktion – wahrhaften Nacherzählung. Wie sie begehrend und begehrt in neue Beziehungen geriet. Wie ihr ein Kind, eine Tochter, geschenkt wurde, und auch wieder genommen. Wie, in die Heimat zurückgekehrt, Liebe, Leiderfahrung, Freundschaften und die Segnungen ländlicher Natur ihr Leben bestimmten – ich erfuhr es, ja. Jedoch aus einer sanften Distanz wie der uns begleitende Umstand, dass wir Schwestern dabei alt wurden.

Kindheit und Jugend habe ich nacherzählt.

Wie wir beide das Ende unserer Tage erfahren werden – möge dies doch, wie eingangs gesagt, dem Geheimnis allen menschlichen Daseins überlassen bleiben.

New York, ca. 1958